The Womanizer

Die Sandkastenfreundin und andere Abenteuer

Was sich liebt, das küsst sich

The Womanizer

Die Sandkastenfreundin und andere Abenteuer

Was sich liebt, das küsst sich

Bibliografische Informationen der Deutschen Nationalbibliothek
Die Deutsche Nationalbibliothek verzeichnet diese Publikation in der
Deutschen Nationalbibliografie; detaillierte bibliografische Daten sind
im Internet über dnb.dnb.de abrufbar.

Printed in Germany

ISBN 978-3-7578-1503-5

Herstellung und Verlag: BoD – Books on Demand, Norderstedt

Die Sandkastenfreundin und andere Abenteuer

Was sich liebt, das küsst sich

The Womanizer

Inhaltsverzeichnis

Die Sandkastenfreundin und andere Abenteuer

Was sich liebt, das küsst sich. Das ist die verdammte Wahrheit. Der Womanizer liebt viel(e) und küsst somit auch viel(e). So ist das einfach. In diesem Werk stelle ich Euch meine Sandkastenfreundin Lotti vor, mit der ich bis heute eng befreundet bin. Wir lieben uns auf unsere eigene Weise, haben nie miteinander geschlafen, aber heißes Petting war erlaubt. Das waren zauberhafte Momente, die ich nie vergessen werde. Dass man Spaß auf dem Zahnarztstuhl haben kann, beweise ich Euch höchstpersönlich. Die klassische Zahnbehandlung von Dr. Nora ist damit natürlich nicht gemeint, ich bin ja kein Masochist.

Aber was Frau Doktor sonst noch mit mir auf dem Weißen Stuhl angestellt hat, ist jede Sünde wert. Mein Sohnemann John Paul wird langsam erwachsen und vögelt bereits seine ersten Freundinnen. Daddy nimmt sich die entsprechenden Mütter vor. Sogar JPs Sportlehrerin Frau Luckera muss bzw. will dran glauben. Die athletische, 29-Jährige Aurelia zeigte sich zuerst unfreiwillig meinem Sohn nackt, dann umso freiwilliger mir. Wir kamen uns in der Sauna eines Fitnessstudios näher und vögelten uns dann einige Male das Hirn raus und wieder rein.

Auf einer Businessmesse wurde ich zum Messeständer. Die 24-jährige Hostess Valentina war mir 600 Euro wert, dafür bekam ich von ihr alles, was ich wollte. Und ich wollte viel! Johanna war die Friseurin, die mehr konnte. Sie schnitt mir nicht nur die Haare schön, sondern hatte auch Talent und das Aussehen zum Modeln. Ich engagierte sie und schoss ihr für klar definierte Gegenleistungen Extraprämien zu. V war in allem, was sie tat, so gut, dass sie den Modelolymp bestieg.

Besiegt und damit sexuell erobert habe ich viele Frauen. Im Buch lernt Ihr Mariella und Anush kennen, die beide gegen mich verloren und mir dadurch kurzfristig gehörten. Lernt von meinen Abenteuern und erfüllt Euch, ebenso wie ich, all Eure sexuellen Träume!

Euer Womanizer

Spaß auf dem Zahnarztstuhl

Nora lernte ich an einem echt unschönen Ort kennen: auf dem Zahnarzt-Behandlungsstuhl. Meine Stammzahnärztin Dr. Birgit F., die seit 8 Jahren meine Zähne checkt, pflegt und richtet, war im Urlaub und ich hatte ein akutes Problem. Ich wurde an die Vertretungspraxis verwiesen. Dort rief ich an und bekam rasch einen Termin. Einige Querstraßen weiter als das übliche Folterzimmer empfing mich Nora. Frau Dr. Nora I. Müller war sehr hübsch: blond, blauäugig, schlank, Anfang 30. Model hätte sie werden können.

Sie befragte mich und ich schilderte ihr mein Problem. Die Diagnose nach Röntgen ergab, dass mein 7er links unten, ein toter und Wurzelkanal-behandelter Zahn, eine latente, dauerhafte Entzündung aufwies. Ich gebe zu, meine Zahnärztin hat mich schon immer vor diesem Zahn gewarnt und gemeint, eines Tages müsse er sauber verarztet werden, da die Wurzelfüllungen deutlich zu kurz geraten waren. Scheiß Dr. Bernd Z., der dies vor 10 Jahren fabriziert hatte.

Da der Zahn nie Probleme gemacht hatte, ließ ich es dabei bleiben. Nun aber war es laut Nora höchste Zeit, etwas zu unternehmen, um den Zahn zu erhalten. Ich war einverstanden. Es ging sofort los. Mehrere Betäubungsspritzen. Dann bohrte sie die Krone weg. Dies war schwieriger als gedacht, da Bernds Krone extrem hart war. Endlich hatte sie den Zugang zu den 3 Kanälen freigelegt. Leider gab es erneut Probleme:

Die Wurzelfüllungen lösten sich nicht wie geplant auf. Nora musste nachhelfen. Dies bereitete bei mir Schmerzen und noch mehr Verspannungen. Endlich hatte sie auch diesen Arbeitsschritt geschafft. Nachdem die Kanäle gereinigt und desinfiziert waren, wurden sie vermessen. Tat so weh! Röntgenbilder zum Check, danach Medizin rein und schließen mit einer provisorischen Füllung. Nora hatte ihr Bestes gegeben, aber ich litt 2 volle Stunden lang. Bedient bedankte ich mich bei der Frau in Weiß und schlich mich von Dannen. Überrascht war ich, als am nächsten Vormittag mein Handy laut klingelte. Es war Frau Dr. Müller.

Nora erkundigte sich lieb nach meinem Befinden und entschuldigte sich nochmal wegen der echt komplizierten Behandlung: „Sorry, aber was mein Kollege Ihnen da eingesetzt hat, das war extrem widerstandsfähiges Material. Ich musste kämpfen, um das wegzubekommen." Ich dankte ihr für ihren heroischen Einsatz, musste ihr aber auch von ordentlichen Schmerzen berichten, die ich hatte. „Das ist ganz normal, dass der Zahn reagiert, selbst wenn er tot ist. Wenn es bis sagen wir übermorgen nicht besser wird, kommen Sie bitte vorbei." Tat ich. Musste ich. Der Zahn tat höllisch weh. Ich konnte auf der Seite weder beißen noch kauen.

Jede Berührung schmerzte wie Stiche. Nora I. empfing mich sehr sexy. Diesmal hatte sie mehr Schminke drauf als an Behandlungstag 1. Sie entschied sich, gleich eine erneute Spülung durchzuführen. Ich war sehr einverstanden. Sie betäubte gut, der Eingriff tat diesmal gar nicht weh. „Jetzt sollte der Heilungsprozess rascher fortschreiten", lächelte sie mich an. Ich lächelte dankbar mit. Nora gefiel mir, doch an Sex mit ihr dachte ich nicht. Sie war eine bohrende Göttin und sollte meine Zähne reparieren, nicht mit mir bumsen. Das Eine schließt das Andere aber bekanntlich nicht aus.

So kam es, wie es kommen musste: 4 Tage später hatte ich ein Firmenessen mit meinem Kollegenteam. Ich suchte einen Nobelitaliener im Herzen Münchens aus. Meine Frau Andrea durfte mit, wollte diesmal aber nicht, stattdessen lieber ihren geliebten Tatort gucken. Durfte sie. Wir ins „4maggi" zu lecker Wein und Pasta. Irgendwann wurden meine Augen groß, denn eine überaus attraktive Blondine betrat mit einer anderen überaus attraktiven Blondine den Laden.

Ich schaute genauer hin: Das ist doch Nora! Sie setzten sich ins Eck und bestellten sich gleich Wein. Als Nora mich entdeckte, winkte sie herzlich herüber. Mehr noch: Sie stand auf und kam zu uns. Meine Kollegen machten große Augen, als sie mich ansprach: „Schön, Sie hier zu sehen! Und, wie geht es Ihnen?" Ich erklärte meinem Team rasch, wer Nora war und dass ich bei ihr in guter Zahnbehandlung sei, dann ihr, dass es mir und meinem Zahn deutlichst besser gehe. Geplante 3 Behandlungseinheiten standen noch aus.

Nora setzte sich wieder zu ihrer Freundin und tuschelte. Immer wieder grinsten die beiden wie Honigkuchenpferde zu uns, vornehmlich zu mir. So verlief der weitere Abend: Wir aßen und tranken, ich spendierte meiner Zahnfee und ihrer Begleitung leckere Drinks, ich zahlte für alle und verabschiedete mich von meiner Runde und den Ladies. Am nächsten Tag erfuhr ich von meinem Angestellten Daniel, dass unser Jüngster, Cristiano, die Nacht nicht allein verbracht hatte. Er war von Noras Freundin abgeschleppt worden.

Cristiano bestätigte mir das Gerücht umgehend, als ich ihn sah. Glücklich war er. Nun war auch er endlich zum Mann geworden. Ich war stolz auf ihn. Diese Geschichte nutzte ich beim nächsten Zahnarzttermin: Als Dr. Nora mich nach meinem Befinden fragte, dankte ich ihr für die Unterstützung, dass ihre Begleitung meinen Cristiano zum Mann gemacht hatte. Nora lief rot an: „Naja, was meine Freundin so treibt, das ist ihre Sache." „Da haben Sie Recht", nickte ich, „aber ein lustiger Zufall ist das schon, finden Sie nicht?" „Schon", grinste die Nora verschämt. Dann behandelte sie meinen Zahn. Ich ging. Nur 4 Tage später erlebte ich eine erneute Überraschung:

Spontan hatte meine Buchhalterin, die runde Gabby, zum Geburtstagsessen geladen. Ihr hatte das Menü im „4maggi" so gut gemundet, dass sie ebendort einen Tisch reservierte. Zu zehnt betraten wir den Nobelsaftladen und setzten uns, doch was sah ich da: Nora und die andere Blondine saßen erneut an ihrem Eckentisch und hatten einen lustigen Abend. Als Nora mich bemerkte, begann sie laut zu lachen und kam gleich rüber. Ich stellte sie erneut meiner Runde vor, manche davon kannte sie schon, andere noch nicht.

Dieser Abend wurde interessant, da Nora und ich ständig Blickkontakt hielten. Als sie zur Toilette ging, ging auch ich. Auf dem Rückweg passte ich sie ab: „Achten Sie aber bitte darauf, dass Ihre Begleitung heute Abend nicht schon wieder einen Kerl aus meinem Team abschleppt. Heute sind nämlich nur verheiratete Männer anwesend." „Na, das müssen Sie der Sandra schon persönlich sagen", grinste sie mich neckisch an. War klar, dass ich darauf verzichtete. Stattdessen entwickelte sich ein netter, stehender Smalltalk zwischen uns.

Nora war in Flirtlaune, das gab sie mir deutlich zu verstehen. Da spielte ich gerne mit. „Was meinen Sie, wenn Ihre gierige Freundin freie Wahl aus unserer Männerrunde hätte, wer wäre heute ihr Opfer?“, lockte ich sie. „Hm, mal sehen“, sinnierte der Lockenkopf vor sich hin. Ihre Haare hatten eine frische Dauerwelle gehabt, das roch ich. „Der Lange links außen ist nicht ihr Typ. Der Kernige rechts neben der Rothaarigen dafür sehr wohl. Der Kleine ist ihr zu alt, und der Dicke zu dick. Ich würde sagen, der Kernige oder Sie.“ „Ah“, staunte ich. „Würden Sie sich von ihr abschleppen lassen?“ „Ich??“, tat ich unschuldig. „Sie wissen doch, ich bin verheiratet.“

„Jaja, ich weiß Bescheid“, lachte Nora auf und zwinkerte mir zu. Ich zwinkerte mit. „Mal im Ernst“, bohrte sie nach, „würden Sie sich von der Sandra abschleppen lassen? Das interessiert mich jetzt schon.“ „Nun ja, sie ist eine attraktive Frau. Hübsch, tolle Figur. Warum also nicht? Andererseits suche ich mir stets das Allerbeste aus, und hier drin gibt es noch Besseres als Sandra.“ „Ach ja, wen meinen Sie?“, blickte Nora in die Gastronomierunde? Als sich unsere Augen trafen und sie meinen Womanizer-Blick spürte, wusste sie es:

„Ich? Sie meinen mich??“ „Ja. Sie sind hier drin die für mich reizvollste und attraktivste Frau, mit Abstand sogar. Meine Wahl fiele auf Sie.“ Nora blickte mich zuerst seltsam, dann immer klarer an. „Sie wissen aber schon, dass ich Ihre Zahnärztin bin und nicht dürfte, selbst wenn ich wollte.“ „Jaja, Ehrenkodex und so. Nichts mit den eigenen Patienten. Das muss jeder für sich selbst entscheiden. Manchmal sind die Logik und das Jetzt stärker als die Moral und das Karma. Ich bin immer ein Freund von folgendem Leitsatz:

Nichts ist verboten, alles ist erlaubt, so lange keiner dabei zu Schaden kommt.“ „Soll das ein eindeutiges Angebot auf mehr sein?“ „Nein, es ist nur meine Sicht der Dinge. Wenn Sie sagen, Sie dürfen oder wollen nichts mit Ihren Patienten haben, akzeptiere und respektiere ich das. Es ist ja Ihre Entscheidung, Ihre Ansicht. Aber ich bin ja auch nicht auf Lebzeiten Ihr Patient. Nur gerade für diese eine Therapie. Ändert das etwas an Ihrer Einstellung?“ „Hm, schon möglich“, kicherte mich Nora verlegen an.

„Wissen Sie was, folgendes Angebot: Wenn wir die Behandlung abgeschlossen haben, entscheiden Sie, ob Sie wollen oder nicht. Ich stehe zu dem, was ich gesagt habe: Sie sind hier drin die für mich reizvollste und attraktivste Frau, mit Abstand. Meine Wahl fiele auf Sie. Und wenn ich die Chance von Ihnen bekäme, würde ich sie sofort ergreifen." „Okay, habe verstanden, ist notiert", nickte die Nora und beendete das erotisch gewordene Gespräch. Lasziv schlenderte sie zu ihrem Tisch zurück. Ich schlenderte zu meinem. Irgendwann gingen die Blondinen, Nora warf mir dabei einen sehr interessierten Blick und eine Winkehand zu.

Mein nächster Termin bei Nora war abends, ich war ihr letzter Patient. Sehr freundlich empfing sie mich und behandelte mich top. Zwischendurch schaute sie mich immer wieder so geil an. Allerdings, wenn man auf dem Zahnarztstuhl sitzt und angespannt leidet, kann man keine Erotik empfinden. Zumindest ich nicht, bin ja kein Masochist. Als wir fertig waren, besprachen wir den weiteren Vorgang. 2 Termine waren es noch, die im Wochenrhythmus folgten. Dr. Nora war sehr zufrieden mit dem Heilungsprozess meines Zahnes und meinte:

„Der bleibt Ihnen mindestens die nächsten 10, eher 15 Jahre erhalten." Damit war ich zufrieden. Immer öfter dachte ich an Nora und ob sie Ja oder Nein sagen würde, ob ich sie bekomme oder leider nicht. Der vorletzte Termin war genauso erfolgreich wie der Abschluss. Ich war wieder der letzte Patient des Tages, die Arzthelferin zog sich bereits um und ging. Nora meinte, sie schaue noch einmal alle Zähne durch. So gewann sie Zeit für das Gespräch unter 4 Augen.

Die Tür knallte. Wir waren allein. „So, nun ist Ihre Behandlung abgeschlossen. Sie sind ab sofort nicht mehr mein Patient. Ich komme auf Ihr Angebot zurück." Ich rechnete fest mit einem Ja, doch sie: „Nein." „Nein … warum nicht?", schoss es wie aus der Pistole aus mir heraus. „Weil ich Nein sage." „Das habe ich schon verstanden, aber warum sagen Sie Nein?" „Weil ich genauso wie Sie verheiratet bin." „Ach, und da kommen Sie erst heute drauf?", wurde ich etwas wütend. „Finde ich ziemlich unfair von Ihnen, ausgerechnet diese Ausrede. Zuerst tun Sie so, als wenn es eine faire 50:50-Chance für mich gäbe, dann sagen Sie knallhart Nein, weil verheiratet."

Nora hörte sich meine Kritik ruhig an. „Sie hätten sagen können: Nein, Sie gefallen mir nicht. Oder Nein, ich will Sie nicht. Oder Nein, ich habe etwas anderes am Laufen. Oder Nein, ich finde Sie sexuell nicht anziehend. Oder was auch immer. Aber mir jetzt als Moralapostel zu kommen, ist schon ziemlich fies." „Das heißt, Sie pfeifen auf die Ehe?" „Nein, das nicht", gab ich entschieden zurück, „aber in unserem Gespräch war uns beiden klar, dass meine Ehe kein Hindernis für eine schöne gemeinsame Nacht darstellt.

Mag sein, vielleicht habe ich Sie falsch verstanden oder einiges anders gedeutet als von Ihnen gemeint, aber glauben Sie mir, ich bin nicht von gestern und habe viel Erfahrung mit Frauen. Ich weiß in der Regel sehr genau, wo ich dran bin. Aber gut, wenn Sie nicht wollen, dann gehe ich, Gespräch beendet." Ich stand auf und griff nach meinem Sakko. Doch sie versperrte mir den Weg zur Tür. „Was ist noch?", knurrte ich sie an. Eine Antwort bekam ich nicht, dafür einen Kuss. Ich war baff. Aber geil. Die Zahnärztin ging weiter in die Offensive und stellte mir ihre Zi-Za-Zunge vor: zuerst meinem Ohr, dann meinem Hals, dann meinem Mund.

Ist das etwa die neue zahnärztliche Inspektionsform der Zähne? Ich genoss die hübsche Blondine in Fahrt sehr und küsste, knutschte und liebkoste fleißig mit. Wir waren allein, so sollte es auch bleiben. „Warte mal. Bist Du sicher, dass wir hier ungestört sind?", fragte ich sicherheitshalber nach. „Ja, fick mich hier und jetzt." „Und wie!" In einer Zahnarztpraxis hatte ich es noch nie getrieben. Auf einem Zahnarztstuhl erst recht nicht. Beide Träume fanden hier und heute ihre Erfüllung.

Ich riss Dr. Nora ihre Zahnarztkluft vom Leib. Darunter kam sexy Reizwäsche zum Vorschein. Nora hatte eine wunderschönen Körper: exzellente Titties, tolle Schenkel, einen sehr ansprechenden Po und ein kleines, schönes Schamhaardreieck da unten. Eine Farbmischung aus blond und braun war es. Geil! Karius und Baktus waren meine Zeugen: Ich fickte meine Ex-Zahnärztin glücklich. Sie hatte sich nackt auf den Behandlungsstuhl gesetzt und diesen in tiefe Liegeposition heruntergefahren. Dann die Beine breit. Ich Hose runter. Gummi? Nope. Fehlanzeige. Ich hatte kein Kondom dabei. Sie aber schon.

Nora hatte es also genau geplant, so ein Luder! Ich zog mir das Noppige über und drang in ihre saftige Pussy ein, die daraufhin noch saftiger wurde. Nora war eng, sehr eng. Geil! Ich fickte mir als Missionar einen ab. Der Zahnarztstuhl war für so etwas natürlich nicht gedacht oder gebaut, aber er musste dieser Herausforderung standhalten. Nora stöhnte laut und intensiv, sie hatte ihre Augen die ganze Zeit über geschlossen und würdigte mich keines Blickes, was mich aber nicht weiter störte, da ich sie so besser beobachten konnte. Sie sah so süß aus während des Ficks!

Den bösen Bohrern um uns herum gelang es nicht, mir die Stimmung zu versauen. Der Missionar war genau die richtige Position für dieses Erlebnis. Nach guten 15 Minuten heftigem Ficken musste ich kommen. Knirschend spritzte ich ab. Als ich fertig war, war aber Nora noch nicht fertig. Auch sie sollte kommen. Also holte ich meine Katja aus dem Gepäck: die legendäre Cunnilingus-Lecktechnik der Stewardess-Queen Katja, die diese mich einst gelehrt hatte. Bis heute ist sie die Krönung meines Verwöhnprogramms. Dr. Nora reagierte sofort auf meine Tonguespiele.

Ich bearbeitete ihre Schamlippen und stürzte mich dann auf ihren Kitzler, der bereit war zu explodieren. Er explodierte insgesamt 3 Mal. Glücklich drückte mich Nora hoch und zog mich zu sich. Kuss. Kuss. „Das war geil", stöhnte sie. „Ja, das war geil", stöhnte ich. Uns beiden war sofort klar, dass dieser Sex zwar unser erster, aber nicht unser letzter sein würde. So spannend es in der Zahnarztpraxis auch war, ich wollte etwas mehr Bequemlichkeit mit ihr haben. Doch es gab ein Problem: Sie war verheiratet, ich war verheiratet.

Bei ihr Zuhause ging es genauso wenig wie bei mir Zuhause. Also Hotel. Stundenhotel. So kam es, dass wir uns regelmäßig trafen und uns das Hirn rausvögelten. Nora liebte harten, intensiven, animalischen Sex. Den bekam sie von mir. Ich kam stets in ihr. Normalerweise liebe ich Handjobs und Blowjobs zum Finish über alles, aber bei Nora musste das irgendwie nicht sein. Hier ging es einzig und allein um den Beischlaf, nachdem ich sie immer noch mit Katja beglückte. Wochenlang hatten wir so unsere Affäre.

Bis ich das Interesse an ihr verlor, als sie mir gestand, dass sie sich in mich verliebt hatte. So etwas ist nicht gut, wenn man verheiratet ist. Ich zog ihr gleich den Zahn und erklärte ihr, dass ich nun mal in einer glücklichen Ehe stecke und ebenso glücklicher Familienvater sei. Das verstand sie zwar, suchte aber dennoch nach einer Lösung, mehr von mir zu bekommen. Ich aber war nicht in Nora verknallt, für mich war sie einfach nur ein geiler Fick. Ein spannender Schauplatz. Eine weitere Nummer meines Lebens. Ein heißes Gestell. So plump konnte ich ihr das natürlich nicht sagen, aber nachdem sie einfach nicht nachgeben wollte, musste ich es auf die harte Tour beenden.

Nach einem letzten heißen Ritt im Hourhotel machte ihr ihr das Ende unserer Beziehung bewusst. Ich bedankte mich für die geilen Erlebnisse mit ihr und wünschte ihr alles Gute für ihre weitere Zukunft als Zahnärztin und Ehefrau. Traurig, aber immerhin nahm sie die Realität an. Gleichzeitig hatte sich dennoch ein enges Vertrauensverhältnis zwischen uns entwickelt, sodass sie bis heute meine Zweitzahnärztin ist. Wenn meine Hauptbohrerin mal im Urlaub oder krank ist und ich dringend Maulhilfe benötige, bekomme ich bei Nora immer rasch einen Termin und professionelle Hilfe. Dafür bin ich ihr bis heute sehr dankbar.

Wie der Vater, so der Sohn

Nicht nur der Womanizer wird älter, sondern auch seine Gattin Andrea. Und natürlich auch seine Kinder: Sohnemann Jean Paul wurde langsam zum jungen Mann. Die Pubertät machte den ohnehin Frühreifen zum Sexmonster. Noch nicht mal 12, stieg er jedem hübschen Mädchenrock nach und hatte sogar schon ein paar Freundinnen gehabt. Er sprach offen mit mir über seine Sexualität. Mit Andrea weniger. Ist halt so, von Mann zu Mann. John Paul wichste viel und oft, erzählte er mir, und hatte auch schon Sex mit Mädchen gehabt. Knutschen, Petting und so.

John Paul sah so gut aus wie ich damals. War sportlich und hatte diesen Blick, der Mädchen verrückt macht. Normalerweise erledigt meine Frau Andrea die Elternsprechtage, doch dieses eine Mal konnte sie nicht. Unsere Tochter Anna Lina war nämlich gerade krank und musste versorgt werden. Daher bat Andrea mich, den Lehrerinnen und Lehrern von John Paul den erforderlichen Besuch abzustatten. Tat ich widerwillig, aber gerne. Herr Volker Brümmer war JPs Englishteacher, ein netter Mann Mitte 50. Bierbauch, Bart und tiefstimmig. Er lobte meinen Sohnemann sehr. Ich freute mich.

Herr Jochen Witt war JPs Deutschlehrer, ein Kleinmann von etwa 1,65 m. Schlank wie Papier. Dafür mit lustiger Stimme ausgestattet, die viel Intelligentes verbreitete. Er gefiel mir. Und John Paul gefiel ihm. Gut. Frau Emilia Zmyslowska war JPs Biologietante. Eine altmodische, langweilige Braunhaarige, etwas spießig in ihrem Auftreten. Aber auch mit der muss man freundlich umgehen. Armes Gestrüpp. John Paul wurde von allen Pädagoginnen und Pädagogen sehr gelobt … bis auf Frau Luckera (bewusst ohne Vorname, noch).

Sie war JPs Sportlehrerein. Eine hübsche, sehr attraktive, junge Frau Ende 20 stand vor mir. Sie sah aus, als wenn sie noch studieren würde, wie 23 oder 24. War aber schon 29 Lenze schön. In sportlichen Klamotten machte sie mir klar, dass mein Sohnemann eine Sportskanone sei, daher auch die beste Punkt- und Notenzahl erhält, doch sein Sozialverhalten sehr zu wünschen übrig lasse.

„Wie meinen Sie denn das, bitte schön?", fragte ich schockiert nach. „Der ist überfrühreif", betonte Frau Luckera. „Der macht im Sportunterricht die hübschen Mädchen an und nutzt jede Gelegenheit beim Mannschaftssport, sie zu betatschen. Das geht so nicht. Selbst bei mir macht er keinen Halt. Schon 3 Mal hat er mich am Hintern angefasst, natürlich nur spielerisch während des Wettbewerbes, aber ich bin ja nicht blöd. Das war pure Absicht. Sein Grinsen hat ihn verraten." „Wobei hat er das getan?" „Beim Basketball."

„Seien Sie mir bitte nicht böse, aber Basketball ist ein körperbetonter Sport. Da kommt Körperkontakt nun mal vor", konterte ich. „Aber doch nicht so!", schüttelte Frau Luckera den Kopf. „Und außerdem hat er gespannt, als ich mich umgezogen habe. Er meinte dann nur, er habe sein Handy gesucht. Und als er mich an einem anderen Tag beim Duschen beobachtet hatte, meinte er, er habe die Toiletten gesucht. Ihr Sohn ist ein ganz Schlimmer." „Also, nur weil ihm schöne Frauen gefallen, ist er doch kein Schlimmer. Ich würde eher sagen, dass er ein ziemlich Normaler ist."

Soll das bedeuten, dass Sie sein Verhalten gut heißen?" „Gut heißen nicht, aber wissen Sie, ich war früher halt genauso", grinste ich. „Die Jungs sind in der Pubertät, da ist das doch normal, dass sie sich für Mädels und Frauen interessieren. Lassen Sie die Jungs einfach Jungs sein und übertreiben es bitte nicht." Frau L. war überhaupt nicht einverstanden mit meiner Sicht der Dinge, und meinte: „Ich lasse mir das jedenfalls nicht bieten. Noch so ein Ding Ihres Sohnes, und er bekommt eine ordentliche Tadelung."

„Ich rede heute noch mit ihm", verabschiedete ich mich von der bildschönen Tussi und ging. Am Abend ging ich zu John Paul aufs Zimmer und schloss die Tür. „Männergespräch", legte ich los. Ich erzählte JP von meiner Unterhaltung mit seiner Sportlehrerin und bat ihn um seine Meinung. „Die Luckera ist voll geil!", strahlte er. Ich habe sie sogar nackt gesehen. Beim Umziehen und beim Duschen. Leider hat sie mich schließlich bemerkt, ich konnte aber einige Fotos machen, das hat sie nicht bemerkt. Hier, schau mal." Mein Sohn holte sein Smartphone hervor und scrollte ein wenig hin und her.

Dann hielt er es mir vor die Linse. Ich staunte Klötze. Da war seine Sportlehrerein halbnackt, gerade beim Umziehen. Oben ohne. Wow! „Sehr hübsch, in der Tat", bestätigte ich meinem Sohn. „Ja, schau mal, wie straff ihre Möpse stehen", jubelte JP. „Und hier noch ein paar Fotos von ihr im Slip. Sie hat einen superschönen Po." „Ja, den hat sie wirklich", nickte ich. Ich war stolz auf meinen Sohnemann, schließlich hatten wir denselben Frauengeschmack. „Und dann konnte ich an einem anderen Tag noch Fotos von ihr unter der Dusche machen. Leider sind die meisten verschwommen. Hier." Er zeigte sie mir brüderlich. Ja, leider waren sie verschwommen.

„Aber diese 2 sind total scharf, zum Glück. Hier." Ich sah Frau Luckera nackt von hinten. Ganz nackt. Wunderschön! Ihre langen, braunen Haare hingen ihr über den Rücken. Ihre Silhouette war perfekt. Ihre Hände hatte sie vor ihrem Oberkörper verschränkt, sie musste sich also gerade ihre Titten einseifen. Ihr Po war Extraklasse. Perfekte Form. Ihre Beine sweet. „Und einmal noch von vorne. Auf dieses Foto bin ich besonders stolz", hechelte mein kleineres Ich. In der Tat von vorne: Frau Luckera nackt unter der Brause!

Ihre Augen geschlossen, ihre Brüste standen, ihre Pussy blanko. Ich hätte auf der Stelle zu diesem Pic masturbieren können. „Wow", lobte ich meinen Sohn, „hast Du gut gemacht." „Ja, doch dann hat sie mich leider entdeckt, sich ein Handtuch übergezogen und mich zur Rede gestellt. Ja, das war´s dann." „Okay, Folgendes: Du darfst Dir bei der Luckera keinen solchen Ausrutscher mehr leisten, sie hat Dich auf dem Kieker. So heiß sie auch ist, schau weg, so gut es geht. Und geh nicht so heftig an die Mädels im Sportunterricht ran." „Schade", knurrte John Paul. Ich umarmte ihn fest und wünschte ihm eine gute Nacht.

Diese Frau Luckera spukte in meinem Kopf. Mit ihr in der Birne und mit meiner Frau im Arm schlief ich – nach einem guten Fick – ein. Wie es der Zufall so wollte, musste ich paar Tage später meinen Sohn nachmittags von der Schule abholen. Doch er kam nicht. Wo war er?! Ich konnte JP auch nicht telefonisch erreichen. Also machte ich mich auf die Suche. Dass er bereits zu Hause war, wusste ich zu diesem Zeitpunkt nicht. Die letzte Unterrichtsstunde war nämlich ausgefallen.

John Paul war zu Fuß nach Hause gegangen. Leider hatte Andrea vergessen, mir das auszurichten. Ich irrte durch die Schule und suchte meinen Sohn. Da stolperte ich Frau Luckera in die Arme. „Hoppla", bog ich hastig ums Eck und stieß mit ihr zusammen. Sie erschrak und ließ ihre Tasche fallen. „Sorry", entschuldigte ich mich und hob als Butler ihre Bag auf. „Ich suche meinen Sohn, haben Sie ihn gesehen?" „Nein", antwortete die hübsche Besserwisserin, wir hatten heute keinen Sportunterricht. Aber wo ich Sie gerade spreche: Demnächst finden bundeslandesweite Sportwettkämpfe statt. Ich rechne Ihrem Sohn sehr gute Chancen aus.

Das Ganze findet am Wochenende vom 6. bis 8. August in Memmingen statt. Ich würde Ihren Sohn gerne nominieren – sind Sie damit einverstanden?" „Logo", grinste ich, „er soll ruhig allen zeigen, wie gut er ist." „Prima, dann setze ich John Paul auf die Liste. Die 10 größten Sporttalente dieser Schule dürfen antreten. 5 Jungs und 5 Mädels. Ausgetragen wird ein Zehnkampf mit Sprint, Hochsprung, Weitsprung, Ballwurf und anderen Disziplinen aus der Leichtathletik. Mein Kollege, der Sportlehrer Abramovic, begleitet mich. Dazu darf ich 4 Elternteile mitnehmen, die aber auch ein wenig mithelfen müssen bei der Organisation und Betreuung der Kids."

„Hallo, hier haben Sie Ihren Freiwilligen", streckte ich neckisch, wie ein Schulkind, meinen rechten Arm gen Himmel. „Prima, dann trage ich Sie ebenso ein." Ich freute mich. Zum einen, Extrazeit mit John Paul zu haben. Dabei zuschauen zu können, wie er andere plattmacht. Aber auch, 3 Tage die hübsche Frau Luckera zu beobachten und in ihrer Nähe zu sein. Da erreichte mich ein Anruf von Zuhause. John Paul war dran. Alles gut. Er war sicher. Ich fuhr ab.

Andrea und meinen Kids erzählte ich vom Sportwettkampf und John Paul sagte sofort „Ja, denen zeig ich´s". Andrea lobte mich, dass ich als Vater ein ganz toller sei. Als der Trip anstand, fand ich mich in einer sehr sportlichen Horde wieder. 10 Super-Kids zwischen 10 und 17 Jahren waren bereit, in ihren jeweiligen Altersklassen ihr Bestes zu geben. Herr Peter Abramovic war ein cooler Typ. Ende 40, aber körperlich noch in seinen besten Jahren.

Nun gut, das Muskelshirt war vielleicht etwas übertrieben, aber er konnte es sich leisten. Neben mir fuhren noch 3 andere Elternteile mit: Dirk, der Dad von Joey, Luzie, die Mutter von Milou, und Felicity, die Mutter von Isla. Ja, Deutschland wird immer internationaler. Während Dirk und Luzie etwas mehr breit als hoch waren – und das als Eltern von so sportlichen Kindern – zeigte Felicity ihre Kunst als Super-MILF: Sie war eine sehr attraktive Frau Ende 30. Die Busfahrt dauerte deutlich länger als erwartet, da Stau. Gott sei Dank gibt es Klimaanlagen. Die Stimmung war gut, die Unterkunft zwar nicht das Gelbste vom Ei, aber akzeptabel.

Ich hatte etwas Money draufgelegt, um für JP und mich ein eigenes Bad plus WC im Zimmer zu haben, keine Gruppen-Dusch-und-Wasch-Gemeinschaftskammer auf der Etage. Knapp 1 Stunde später trafen wir uns alle zum Training. Die Jungs und die Mädels drehten ganz schön auf, ich war beeindruckt. Nicht nur von John Paul, auch von den anderen. Lustig wurde es, als mein Sohnemann mir zuflüsterte, dass er bereits Sex mit der 2 Jahre älteren Isla gehabt habe. Guter Geschmack! Die Isla wäre auch früher mein Beuteschema gewesen. Genauso wie ihre hübsche Mutter Felicity heute mein Beuteschema ist.

Das Petting sei geil mit Isla gewesen, da sie verdammt gut wichsen und blasen könne. „Demnächst möchte sie mit mir schlafen. Es wäre mein erstes Mal. Ja, vielleicht passiert es ja hier." Wow, mein Sohn! Nach einem echt intensiven Trainingstag und dem Frischmachen fanden wir alle uns um 18 Uhr zum Abendessen im Restaurant ein. Meine Augen mussten sich teilen, denn ich wusste nicht, wer mir besser gefiel: MILF Felicity oder die junge Lehrerin Luckera.

Beide zeigten sich in sexy Abendgarderobe. Mehr sportlich als Gala. Beides zauberhaft. Ich setzte mich so hin, dass ich beide in direktem Blickkontakt hatte. Mein Sohnemann machte derweil seiner Isla schöne Augen. Nach dem Essen lockerte sich die Runde auf. So kam ich ins Gespräch mit Frau Luckera. Die 29-Jährige war interessiert an meinem Beruf und wollte mehr darüber wissen. Ich plauderte darauf los und zeigte mich von meiner galantesten Seite. Wir verstanden uns gut und flirteten sogar ein wenig.

Bei einem Gläschen Alkohol darf man das ja auch. Irgendwann stand John Paul hinter mir: „Papa?“ „Ja.“ „Komm mal kurz.“ Ich entschuldigte mich bei Frau Luckera und ging mit meinem Sohnemann ums Eck. „Papa, ich könnte die Isla heute haben. So richtig. Sie hat mir gesagt, dass sie heute mit mir schlafen möchte. Kann ich unser Zimmer für 1 Stunde haben?“ „Klar, mein Schatz“, freute ich mich sehr für ihn. Isla war hübsch genug für sein erstes Beischlaferlebnis. Ich drückte JP den Zinken in die Hand und meinte, er solle sich ruhig Zeit lassen, ich würde vor Mitternacht nicht aufs Zimmer kommen.

Dankbar umarmte mich mein Sohn und bat mich, Islas Mutter abzulenken, damit diese von der Abwesenheit ihrer Tochter nichts mitbekommt. Ein guter Vater ist ein guter Vater. Also ging ich zu Felicity und eröffnete den Flirt. Sie freute sich sehr über meine Anwesenheit und stieg gut ein. Seitlich konnte ich immer wieder Frau Luckeras Blicke an mir spüren. Ja, ich hatte sie versetzt, doch mein Sohn ist mir jedes Opfer wert. Gleichzeitig sah ich, wie mein John Paul mit Isla plauderte, ihr dann etwas ins Ohr flüsterte und sie sich darüber mächtig freute. 3 Minuten später waren beide weg.

Ich konnte mich auf meinen Jungen verlassen, hatte ihn die Jahre gut aufgeklärt, auch was Geschlechtskrankheiten und Verhütung angeht. Ich wusste, er hat immer ein Kondom für den Fall der Fälle dabei. Davon weiß Andrea nichts, ist Männersache. Da Isla keine Jungfrau mehr war, das wusste mein Nachfolger, musste ich auch keinen Blutsee und kein Drama befürchten. Mein Junior würde das Ding schon schaukeln. Felicity war gut drauf und erzählte mir von ihrem spannenden Job als Saftschubse, also Stewardess.

Die halbe Welt habe sie bereits gesehen. Und gefickt, dachte ich bei mir. Ja, sie war so eine, die gerne auf Männerfang ging. Konnte sie sich auch leisten als Single und alleinerziehende Gutsmutter. Mein Erziehungsstatus war ihr egal. Sie fragte nicht nach, ob ich verheiratet oder getrennt sei, sie gab mir allerdings deutlich ihr Interesse an meiner Persönlichkeit zu verstehen. Ein paar gute Drinks später signalisierte mir MILF Felicity klar, dass sie Sex von und mit mir will. „Gerne, aber wo?“, fragte ich.

„In unseren Zimmern geht nicht wegen unserer Kinder“, fasste sie die hoffnungslose Lage zusammen. „Warte kurz, ich habe eine Idee.“ Ich ging zur Rezeption, die noch besetzt war, und buchte ein Extrazimmer für 2 Nächte. Die Empfangsdame staunte nicht schlecht. „Da kommt noch wer dazu“, rechtfertige ich diese Aktion und zahlte sofort bar. Geld bringt zum Schweigen. 3 Minuten später hielt ich den Schlüssel zum Glück in meinen Händen. Ich flüsterte Felicity diese Neuigkeit ins Ohr, und sie strahlte von links nach rechts. Elegant schlichen wir uns von Dannen und landeten in 234, einem Zimmer mit eigenem Bad und WC.

Alles natürlich nicht zu vergleichen mit den Luxusunterkünften, die ich sonst auf Reisen bewohne – ein Schullandheim ist halt kein Palast. Aber selbst in einem Schullandheim kann man poppen, bis sich die Balken biegen. Felicity entledigte sich ihrer sexy Klamotten und zeigte mir ihren Stewardessen-Körper. Der war heiß! Gemachte Brüste hatte sie, ein Lufthansa-Tattoo auf ihrer linken Schulter, einen Landestrich auf ihrer Vulva. Nun entkleidete ich mich und zeigte meinen TV-Boss-Körper. Felicity knurrte und fing an, mich zu nehmen.

Sie küsste wild und leidenschaftlich. Ich trug Felicity zum Bett und machte aus dem Bett eine Kuschelwiese. Und aus der Kuschelwiese machten wir eine Fickoase. Mit schwarzem Kondi besorgte ich es ihr. Typisch MILF, wollte sie gut und hart genommen werden. Kann ich. Ich nagelte kräftig von hinten als Schweinehund. Zuerst in die Pussy, dann ins Loch drüber. Anal stand sie voll drauf. Mache ich nicht oft, ist nicht so mein Ding, aber mit der Felicity war es geil. Ihr A-Loch war enger als ihr P-Loch, was rein physikalisch mehr Druck, mehr Reiz und auch mehr Spannung für mein Werkzeug bedeutete.

Ergebnis: Ein frühzeitiger Samenerguss. Meine Adern pumpten kräftig und weiteten ihren Kanal noch mehr. Ich stöhnte laut, sie stöhnte lauter. Fertig. Felicity kuschelte sich in meinen Arm und sprach von „grandiosem Sex“. Ich konnte derweil nur hoffen, dass John Paul es mir nicht ganz gleichtut. Arschfick mit 12 muss ja wirklich (noch) nicht sein. Wir ruhten uns aus und führten erotischen Smalltalk. Felicity lobte meinen Penis als „genau richtig“.

Meinen Körper als „so sexy". Meine Technik als „genial". Ähnliche Komplimente gab ich an sie zurück. Es war uns beiden klar, dass dieser Sex nicht das Ende des Abends bedeutete, sondern erst der Anfang. 20 Minuten später waren wir wieder bereit: Diesmal wollte MILF Felicity dominieren und das Tempo vorgeben. Sie hockte sich auf mich und ritt mich. Ihre Technik war intensiv, doch etwas schmerzhaft, da sie eine Vor- und Zurückrückerin war. Mein Pimmel ist doch kein Umschalthebel! Bevor er brach, brach ich ab und wiederholte mit ihr das sündige Spiel von hinten.

Hart nagelte ich ihren Hintern rötlich und kam heftig. „Morgen Abend wieder?", fragte sie mich gierig. „Ja, morgen Abend gerne wieder", antwortete ich souverän. Wir gingen getrennte Wege und landeten beide bei den anderen. Die Reihen hatten sich gelichtet, viele waren schon schlafen gegangen. Dort drüben entdeckte ich meinen Jungen, der mir stolz und glücklich zuwinkte. Ich wusste: Er ist nun ein Mann! Unter 4 Augen erzählte er mir von seinem Erlebnis: „Es war wunderschön! Isla war voll süß. Sie hat mich geführt. Zuerst haben wir geknutscht und uns gestreichelt.

Dabei bin ich vor Aufregung schon gekommen. Ich habe sie dann gefingert bis sie kam, danach mit ihr geschlafen. Ich denke, ich habe alles richtig gemacht. Isla war sehr zufrieden und glücklich. Zuerst ist sie auf mir gesessen, dann lag ich auf ihr. Beide Positionen waren sehr schön. Danke für Deine super Aufklärung, Dad. Und natürlich habe ich Kondom benutzt, keine Sorge." Ich war unfassbar stolz auf meinen Sonnenschein. „Bekomme ich morgen Abend nochmal das Zimmer, Dad?"

„Logisch", entlockte ich ihm eine Strike-Faust. „Du bist der Beste, Paps." Ich weiß. Kurz darauf verabschiedeten wir uns von den Übriggebliebenen und gingen auf unser luxuriöses Vater-und-Sohn-Zimmer. Sportlehrerin Luckera schaute mir sehnsüchtig nach. Der nächste Tag war ein Wettkampftag. John Paul fühlte sich topfit und richtig gut, vor allem nach seinem ersten Beischlaferlebnis. Seine Isla himmelte ihn den ganzen Tag über himmlisch an. Er genoss es. Ich genoss es. Mein Sohnemann! Und noch jemand himmelte herum: Felicity. Und auch Frau Luckera. Beide wollten mich. Ich wollte beide.

Felicity hatte ich sicher, Frau Luckera könnte etwas heikel werden hier im Landheim, wo auch mein Sohn weilte. Mal sehen.
Zuerst gingen die Wettkämpfe über die Bühne. Mein Spross
legte los wie die Feuerwehr und dominierte den Rest des Feldes
im Sprint, im Hochsprung und im Weitsprung. Bei anderen Disziplinen wurde er Zweiter oder Dritter. Für andere Kids hatte
ich keine Augen, dafür für Felicity und Frau Luckera. Die Lehrerin hatte sich extra hübsch für mich gemacht. Etwas überstylt
feuerte sie ihre Schützlinge lautstark an und zeigte dabei viel
sportlichen Körper.

Am Abend wurde Bilanz gezogen: Beim gemeinsamen
Essen war Frau Luckera sehr zufrieden mit ihrer Clique: John
Paul bekam als Bester ein Extralob. Isla bekam als Beste ein
Extralob. Das Essen schmeckte, die Stimmung war super. Frau
Luckera suchte das Gespräch mit mir: „Ihr Sohn ist eine echte
Sportskanone. Hat er das von Ihnen?" „Das will ich meinen",
grinste ich. „Ich habe früher viel Leistungssport getrieben, war
dreifacher Bayerischer Meister im Badminton, habe Tennis und
Fußball im Verein gespielt, Beachvolleyball 2-gegen-2 auf Mei-
sterschaftsniveau. Auch meine 2 Jahre als Sportanimateur für
Robinson stehen zu Buche."

„Was, Sie waren bei Robinson?", staunte Frau Luckera.
„Ja, war eine wilde Zeit." „Das glaube ich Ihnen", tätschelte sie
mir auf meine Schulter. „Da haben Sie es sicher richtig krachen
lassen, oder?" „Kann man genau so sagen." „Mal ehrlich unter
uns: Wie viele Frauen haben Sie damals bei Robinson abgeschleppt? 10? Vielleicht 20?" „Hängen Sie eine Null dran, dann
kommen wir in etwa hin", posierte ich stolz. Frau Luckera war
sprachlos und glaubte mir diese Zahl nicht.

Ich schwor. „Sie Schlimmer", schüttelte Frau Luckera
schließlich den Kopf. Da unterbrach uns JP: „Daddy, kommst
Du mal kurz?" Ich ließ Frau Luckera kurz allein, um meinem
Spermaprodukt vertrauensvoll unseren Zimmerschlüssel zu geben. Kurz darauf sah ich ihn und Isla verschwinden. Ich hatte
ihm wieder gesagt, er könne sich bis Mitternacht Zeit lassen
und die Zweisamkeit kräftig auskosten. Gleichzeitig hatte ich so
wieder mein eigenes Fickfenster frei. Auf meinem Rückweg zu
Frau Luckera fing mich Felicity ab.

Sie überzeugte mich sofort, mich für sie zu entscheiden. Warum? Sie hatte mir ins Ohr geflüstert: „Heute bekommst Du von mir alles, was Du möchtest." So ein Angebot kann und will ich mir nicht entgehen lassen! Frau Luckera tat mir schon leid, ich hätte gerne meinen Flirt mit ihr intensiviert. Aber nun waren mein Kopf und mein Dick bei und gleich auch in Felicity. Die MILF knutschte mich nieder und begann mir einen zu blasen. Geil war es. Ich stand da wie Sirius und ließ es zu. Sie kniend, ich über ihr. Ihr hautenges Top saß perfekt. Ich griff nach meinem Smartphone und filmte von oben.

Als Felicity dies sah, machte sie einfach weiter, grüßte lieb in die Kamera und band diese ins Liebesspiel ein. Ich durfte ja alles machen, was ich wollte – das hatte sie mir zugesagt. Ich filmte weiter, bis ich merkte, dass ich gleich kommen würde. „Du, ich möchte auf Deine Brüste kommen", äußerte ich ihr mein Verlangen. Sie zog sich rasch das Top weg und startete das Wichs-Finish. Diese gemacht-stehenden Titten empfingen mein Sperma und ließen sich damit einsauen. Felicity wichste langsam aus und erfreute sich mit jedem Spritzer.

Als ich alle war, lutsche sie noch an ihm herum und lächelte zum Abschied in die Kamera. Stopp. Ich ließ mich rücklings aufs Bett fallen. Sie sprang hinterher. „Jetzt besorge ich es Dir", lächelte ich und riss ihr die Jeans weg. Kein Slip darunter. Nur der Strich. Schöner Strich! Ich züngelte los und machte es ihr oral. Felicity krümmte sich schon nach wenigen Sekunden, sie hatte wohl schon lange keinen befriedigenden Oralsex mehr gehabt. Armes Stück. Laut war sie, die Gute. Sie kam 4 Mal, bis sie eine Pause brauchte.

„Du kannst das so verdammt gut", lechzte sie. „Einfach nur geil." „Apropos geil", grinste ich und zückte ein Kondom. Drauf und rein. Ich wollte ficken und entschied mich für Ficken. Zuerst stehend, dann kniend, danach liegend, final sitzend. Ich auf ihr, sie vor mir, schräg, und alles andersherum. Wir fickten uns das Hirn raus. Und ich durfte wieder filmen und diesen animalischen Sex als Erinnerung mitnehmen. Jene 2 Orgasmen reichten mir für diesmal. Ich küsste Felicity Ciao und ging dorthin, wo noch fast alle waren. 10 Minuten später kam mein Sohn. Gutes Timing. Er war Happy Corbin.

Ums Eck erzählte er mir von seinen neuerlichen Heldentaten: „Es war wunderschön! Isla war voll süß. Sie hat mich wieder geführt. Zuerst haben wir geknutscht und uns gestreichelt. Sie hat mir dann einen geblasen, bis ich kam. Ich habe sie dann gefingert, bis sie kam. Isla war sehr zufrieden und glücklich. Dann schliefen wir miteinander. Zuerst ist sie auf mir gesessen, dann lag ich auf ihr. Beide Positionen waren sehr schön.

Zum Schluss habe ich sie von hinten genommen. Doggy. War geil. So bin ich dann auch gekommen." Ich war so stolz auf meinen Sonnenschein. Am liebsten hätte ich ihm auch von meinem parallelen Sex-Abenteuer erzählt, aber das hätte John Paul ganz sicher nicht für so gut gefunden. Für ihn sind Andrea und ich eine unzerreißbare Einheit, eine Bilderbuch-Ehe. Ist sie ja auch. Die perfekte Ehe … von meinen Fremdgehgeschichten mal abgesehen. Aber ich gefährde und schade damit ja nicht unserer Ehe. Also alles gut! JP drückte mich und ging rüber zu den anderen Jungs. Diesen Moment nutzte Frau Luckera, um erneut das Gespräch mit mir zu finden.

„Wo waren Sie denn? Ich habe Sie gesucht." „Ich musste noch ein wichtiges Telefonat führen." „Um diese späte Zeit?" „Ja, deshalb war es ja auch wichtig", grinste ich. Ich denke, sie kapierte sofort. Denn sie grinste ziemlich versaut: „Wollen Sie auch mit mir so ein wichtiges Telefonat führen?" „Mit Ihnen?" „Ja." „Jetzt?" „Ja." „Hier?" „Ja." „Ich glaube nicht, dass das so eine gute Idee wäre, Sie sind immerhin die Sportlehrerin meines Sohnes. Außerdem kenne ich nicht mal Ihren Vornamen." „Aurelia", stellte sie sich mir vor.

„Angenehm", schüttelte ich ihr ihre hübsche Hand. Bevor ich weiterflirten konnte, kam John Paul: „Dad, ich möchte schlafen gehen, ich muss morgen fit sein." „Verstehe", nickte ich. „Tut mir leid, aber wir gehen jetzt schlafen", entschuldigte ich mich bei Frau Aurelia Luckera, die zwar verständnisvoll, aber auch heiß wie ein Brot zurückgelassen wurde. Der zweite Wettkampftag war ebenso erfolgreich für JP wie der erste. Er zockte fast alle ab und beendete die Games als Bester seiner Altersklasse. Ich war so verdammt stolz auf ihn. Am Abend ging es im Bus zurück nach München. Andrea war ebenso stolz wie ich auf John Paul.

Wir beschlossen, sein sportliches Talent gut zu fördern. JP erzählte mir, dass er gerne auch Kampfsport mache würde. 2 Tage später besichtigte ich ein neues Gym. Es gefiel mir, hatte frisch eröffnet, mit zahlreichen Fitnessgeräten, einem Kampfsportverein, mit Schwimmbecken und Sauna. Mola, der mir alles zeigte, meinte: „Du kannst gerne 1 Woche selbst trainieren hier, kostenfrei, um Dir einen Überblick zu verschaffen." Dieses Angebot nahm ich an. Gleich am nächsten Tag ging ich nach Arbeit hin und trainierte fleißig. Mein Körper pumpte und die Muskeln wuchsen. „Na, sieh mal einer an", hörte ich eine sexy Frauenstimme hinter mir. Ich drehte mich um: „Frau Luckera! Ich meine, Aurelia.

Was machst Du denn hier?" „Ich trainiere, genauso wie Du", strahlte sie mich an. Ich musterte sie. Verdammt sexy sah sie aus! Ihre dunklen Haare hatte sie zum Schwanz zusammengebunden, ihre etwa 50 kg bei einer Größe von 1,70 m standen ihr perfekt. Sie trug hautenge Klamotten, die ihre Figur perfekt präsentieren. Ich erzählte ihr von der kostenfreien Probewoche, die ich geschenkt bekommen hatte, und vom Testlauf für meinen John Paul hier in puncto Kampfsport. „Auch ich habe 1 kostenfreie Woche geschenkt bekommen, ab heute.

Werde hier bleiben und mich einschreiben, hier gefällt es mir sehr gut. Als Sportlehrerin muss ich meinen Körper ja in Schuss halten." „Das gelingt Dir sehr gut", lobte ich sie. „Danke", freute sie sich. „Danach noch Schwimmen oder Sauna?", fragte sie. „Zuerst Schwimmen, dann Sauna. Wenn schon, denn schon", konterte ich. „Was dagegen, wenn ich mich anschließe?" „Ganz im Gegenteil, sehr gerne", flirtete ich.

„In 30 Minuten?" Okay." Aurelia trainierte weiter. Ich trainierte weiter. Ich war geil. 30 Minuten später trafen wir uns am Schwimmbecken. Aurelia trug wenig Stoff. Luder! Im Wasser kühlten wir uns ab und zogen ein paar Dutzend Bahnen. „Jetzt Sauna", ging sie vor. Im gemischten Bereich war sie die Erste, die die Hüllen fallen ließ. Direkt vor mir. Vorderseite zu mir. Ich sah und staunte, sah ich doch denselben Traumkörper ganz nah, den mir JP schon auf seinen Snapshots präsentiert hatte. Aurelia war eine bildhübsche Frau: ihr Körper frisch trainiert und gut gebildet.

Die Brüste sportlich, nicht zu groß, nicht zu klein. Genau richtig. Ihr Bauch fit, kein Hüftspeck. Ihre Muschi poliert und sauber. Schöne Schamlippen konnte ich erkennen. Ihre Beine göttlich. „Hinein", führte sie mich in die Finnensauna. Ich hatte ein seltsames Gefühl, also ließ ich das Handtuch um meine Hüften an. Interessiert saßen wir uns gegenüber. „Wir sind in einer Sauna", startete Aurelia die Konversation. „Ich weiß." „In der Sauna ist man nackt." „Bin ich ja." „Ja, aber Du hast das Handtuch an." „Darf ich doch, oder?"

„Schon, aber willst Du es nicht ablegen?" „Würde ich ja gern, aber ich befürchte, dann bekomme ich einen gut sichtbaren Steifen." „Warum?" „Na, wegen Dir." „Soso", kicherte die Hübsche. „Und, ist er schon steif?" „Sagen wir es so: Er ist auf dem besten Weg dorthin." Das gefiel ihr. Aurelia fixierte mich. Genau in die Augen. Ihr sexy Körper ging bewusst in Pose. „Ja, da tut sich was", deutete Aurelia auf meinen Schoß. Tatsächlich: Das Handtuch regte sich. War da wer drunter? Die Delle wurde immer deutlicher. Mir wurde es etwas peinlich und ich legte beide Hände aufs Tuch. Nicht wegen Aurelia, sondern wegen 2 anderer Frauen, die unserer Sauna beitraten.

Beide waren Ü40 und in mittelguter Shape. Sie beachteten uns wenig, sondern wollten in Ruhe saunieren. Derweil hielten Aurelia und ich intensiven Blickkontakt. In Gedanken fickten wir uns. Ich wartete darauf, dass die beiden Oldies endlich wieder gehen, doch sie wollten Dauergäste werden. Nach 20 Minuten wurde es mir zu heiß und ich ging raus. Die eiskalte Dusche beruhigte mich. Gerade als ich mir das Handtuch wieder umhängte, kam Aurelia. Auf dem Laufsteg schritt sie auf mich zu und warf mir ihr Handtuch entgegen.

Ich musste zusehen, wie ihr Traumkörper sich ebenso abduschte. Dies erinnerte mich an die Fotos, die John Paul von ihr gemacht hatte. Frau Luckera nackt von hinten. Ganz nackt. Wunderschön! Ihre langen, braunen Haare hingen ihr über den Rücken. Ihre Silhouette war perfekt. Ihre Hände hatte sie vor ihrem Oberkörper verschränkt, sie musste sich also gerade ihre Titten einseifen. Ihr Po war Extraklasse. Perfekte Form. Ihre Beine sweet. Ja, und auch von vorne hatte ich sie bereits nackt unter der Dusche gesehen:

Ihre Augen geschlossen, ihre Brüste standen, ihre Pussy blanko. Ich hätte auf der Stelle zu diesem Pic masturbieren können. Genauso erlebte ich es auch diesmal: Aurelia duschte zuerst mit dem Rücken zu mir. Ihr Po war eine Augenweide. Perfekt geformt und einladend. Ihre Beine sportlich und sexy. Ihre langen Haare machten sie zu einer Meerjungfrau. Dann drehte sie sich um und präsentierte mir ihre volle Schönheit: Genussvoll seifte sie sich ein, auch ihre Brüste und ihre Muschi. Als Nixe duschte sie dann allen Schaum weg. Ich hatte schon wieder einen Ständer bekommen. Darauf wurde ich aufmerksam gemacht von den beiden Saunastörerinnen, die nun ebenfalls duschen wollten.

Die eine flüsterte der anderen etwas ins Ohr und deutete dabei auffällig auf mich. Da wurde mir mein Malheur klar. Aurelia sah es auch und grinste verschämt. Ich zog ab. Aurelia hinterher. Nach 10 Minuten Ruhe dann Aurelia: „Eine Saunarunde geht noch, oder?" „Yes." Wieder behielt ich das Handtuch an. Aurelia gefiel das nicht: „Hey, zeig ihn mir doch mal, Du hast doch nichts zu verbergen, oder?" „Nein, ganz und gar nichts." „Wie lang?" „Wie meinst Du?", fragte ich ratlos. „Wie lang ist er, wenn er will?" „So 15 cm", gestand ich.

„Ab 15 taugt er was", konterte Lady Aurelia. „Knapp, aber nochmal Glück gehabt." „Soll das heißen, dass Du unter 15 cm ablehnst?" „Naja, nicht ganz so harsch, aber ich habe meine Erfahrungen. Und wenn er zu kurz ist, dann kann er mich nicht richtig befriedigen und ausfüllen. Ich möchte ihn richtig spüren." „Aber meinst Du nicht, dass vieles auch von der Technik abhängt?" „Doch, doch, aber die Grundausstattung muss stimmen." Pause. „Beschnitten oder mit Vorhaut?" „Mit Vorhaut." „Komm, lass sehen." „Später beim Duschen vielleicht."

„Rasiert?" „Logo, so wie Du." „Machst Du es Dir mit links oder rechts?" „Mit links." „Deine Rechte klebt dabei an der Maus, richtig?" „Ganz schön frech, finde ich", schoss ich zurück. Doch dieses neckische Spiel konnte ich auch. „Und Du: Welchen Vibrator benutzt Du?" „Den Womanizer." „Wie oft?" „Täglich." „Einen festen Freund, einen Ehemann?" „Wechselnde Freunde und Ehemänner." „Oben oder unten?" „Oben. Ich dominiere gerne." „Schlucken?" „Ja, klar." Dann drehte sie den Spieß wieder um:

„Wie oft hast Du Sex mit Deiner Frau, oder seid Ihr getrennt?“ „2 Mal die Woche. Wir führen eine gute Ehe.“ „Also gehst Du fremd.“ „Ich habe meinen Spaß.“ „Wie oft?“ „Oft.“ „Hattest Du Deinen Spaß im Sportlandheim?“ „Ja.“ „Mit wem?“ „Mit der Mutter von Isla. Bleibt aber bitte unter uns.“ „Logo. Und, wie war´s?“ „Gut.“ „Wäre ich auch eine Option für Dich?“ „Oh ja.“ „Solala oder und wie?“ „Und wie!“ „Wann und wo?“ „Weiß ich nicht.“ „Soll ich Dir einen Vorschlag machen?“ „Ja.“ „In 2 Wochen findet erneut ein Sportwettbewerb statt. Same place. Dein Sohn ist als Bester seiner Altersklasse gesetzt. Komm mit, dann treiben wir´s in meinem Zimmer.“

„Deal“, grinste ich, längst wieder mit einem Steifen unter dem Handtuch. Sah sie. „Wieder steif?“ „Ja.“ „Würdest gerne abspritzen jetzt, oder?“ „Ja.“ „Geht aber leider gerade nicht, wie?“ „Nein. Mist.“ „Musst abkühlen.“ „Ja.“ „Wenn wir jetzt allein wären und könnten, was würdest Du mit mir anstellen?“ Ich wollte schon antworten, doch da kamen die 2 ollen Schrauben wieder rein. Auch sie wollten zum zweiten Mal schwitzen. Sie beäugten uns schief, ich fühlte mich unwohl und zog ab. Die kalte Dusche war eine Erlösung. Ich wurde wieder normal.

Diesmal bog die Aurelia schneller ums Eck, sodass sie mich nackt unter der Dusche erwischte. Sie musterte mich von oben bis unten. „Nice“, nickte sie anerkennend. „Ein echt schöner Schwanz“, flüsterte sie mir zu, als sie die Brause neben mir betätigte. Wir duschten und zogen uns an. „Bist Du morgen wieder da?“, fragte sie. „Nein, morgen bin ich beruflich verhindert, aber ich schaue Donnerstag wieder rein, um 17 Uhr.“ „Gut, bis dann“, grinste Aurelia und verschwand. Oberaffentittengeil fuhr ich nach Hause.

Ich sorgte dafür, dass Andrea vor dem Schlafengehen ran musste. Sie tat es gerne und blies mir einen zum Abschuss. Bis heute liebt es meine Frau Andrea, mich zu verwöhnen und sexuell glücklich zu machen. Gute Frau! 3 Tage später nahm ich zum zweiten und letzten Mal meinen kostenfreien Zutritt im Studio wahr. Ich ging ans erste Gerät, schon sah ich sie: Aurelia war bereits am Trainieren und kam zu mir. Nach etwas Smalltalk stand der Plan: Wir würden wieder zusammen schwimmen und saunieren. Später. Dieses Später kam schnell.

Nach der Bewegung im Wasser ging es in die Sauna. Wieder waren wir allein. Diesmal zeigte ich Aurelia alles. Aurelia gefiel alles. Und sie legte wieder los: „Du hast mir die Frage von letztem Mal noch nicht beantwortet." „Welche Frage?" „Wenn wir jetzt allein wären und könnten, was würdest Du mit mir anstellen?" „Also, zuerst würde ich Dich küssen und Deine Nähe fühlen wollen. Dann Dich lecken und zu einigen Orgasmen verwöhnen. Als Belohnung dafür darfst Du mir dann einen blasen." „Und was ist mit Ficken?" „Ficken dann in der zweiten Runde." „Welche Positionen?" „Welche magst Du denn am liebsten?", lockte ich sie.

„Reiten. Missionar. Doggy. Ich liebe Sex in allen Positionen, die es so gibt." „Dann wird das aber ein richtig langer Abend." „Ich habe Zeit", grinste Frau Luckera. Leider mussten wir das Spielchen unterbrechen, weil unliebsamer Besuch kam. Diesmal war es ein gut trainierter Mann, ein Bodybuilder, der mehr Muskeln als Dong hatte. Keine Konkurrenz für mich mit seinem steroidal geschrumpften Penis. Er starrte Aurelia an, die damit überhaupt kein Problem hatte und ihre Beine sogar etwas öffnete. Er wurde steif. Er wurde rot. Sein Kopf. Er ging.

Aurelia lachte. Ich auch. Nach weiteren netten gegenseitigen Anmachen stand fest: In 1,5 Wochen würden wir uns endlich bekommen. Zeitsprung. John Paul hatte den Vertrag fürs Sportstudio. Er erzählte mir, dass er seine Sportlehrerin dort getroffen habe und sie bei ihren Übungen vom Kampfsportraum aus beobachte. Geil sei sie. So richtig! Der nächste Sportevent stand an. Andrea dankte mir erneut für mein Engagement und küsste mich zusammen mit Anna Lina Goodbye.

Ich sah einige wieder. Zum Glück war Felicity diesmal nicht dabei, sie war krank. So war ich frei für Aurelia. Nach einem erfolgreichen Trainingstag und einem leckeren Abendessen zog mich mein Sohnemann JP zur Seite, denn er hatte Besonderes vor. Ja, Isla war ja auch wieder dabei. Logisch gab ich ihm den Schlüssel unseres Zimmers und wünschte ihm viel Spaß beim Sex. Als mich Aurelia gegen 21 Uhr zur Seite zog und fragte, ob ich bereit sei, antwortete ich mit: „So was von." „Wo ist John Paul?" „Der macht gerade Isla glücklich." „Nicht Dein Ernst." „Doch, letztes Mal auch schon."

„Es ist unfassbar", war Sportlehrerin Luckera sprachlos. „Geht das heute schon so früh los." Keine 5 Minuten später stand ich vor Aurelias Tür. Sie öffnete mir. Den anderen Eltern und ihrem Lehrerkollegen gegenüber hatte sie sich entschuldigt, sie habe Kopfschmerzen und werde sich etwas hinlegen. Ich trat ein, sie die Tür zu. „Endlich gehörst Du mir, jetzt gibt es kein Entkommen mehr", knurrte sie und riss sich ihr Kleid vom Leib. Ich riss mit. Wie ein Pferd sprang sie mir in die Arme, ich musste sie fangen. Leicht war sie. Schon steckte ihre Zunge in meinem Mund. Die geile Junglehrerin legte los wie die Feuerwehr. Aber diese löschte keinen Brand, sondern entzündete einen.

Das Liebesspiel nahm an Fahrt auf. Sie wollte, dass wir uns in 69 heiß machen. Sie oben. Törnte mich sehr an. Aurelia blies langsam und freihändig, stöhnte dabei wie verrückt, weil meine Zunge gute Arbeit leistete. 2 Orgasmen später wollte sie mich ficken. Als Reiterin drehte sie durch. Überaus lasziv und überzogen bewegte sie sich hoch und runter, sie ritt mich wahnsinnig. Porno. Ich liebe Pornostil!

Doch zu viel Porno kann auch mal ernüchternd sein. So geil ihr schöner Körper auch war, und so sexy ihre sportrhythmischen Bewegungen aussahen und sich anfühlten, ihr Dauergestöhne in Lautstärke XL war mir eine Nummer zu viel. Vielleicht konnte sie nicht anders. Vielleicht wollte sie nicht anders. Vielleicht kannte sie es nicht anders. So ritt sie mich, bis ich kam. Mein Orgasmus war heftig, doch ihre Schauspielerei war auch hier too much. Ich komme gerade, nicht Du! Das kapieren viele Frauen nicht: Die glauben, wenn sie dabei ganz laut mitstöhnen, kommt der Mann besser. Manchmal besser die Klappe halten und einfach tun. Schweißgebadet erholten wir uns.

„Du hast es drauf", schnurrte Aurelia, die auf einmal friedlich in meinem Arm lag. Ich hatte soeben die Sportlehrerin meines Filius gefickt. Hatte ich ein schlechtes Gewissen? Nein. Warum auch? Sie wollte es doch auch. Und sie wollte es wieder. Gerade mal 15 Minuten nach dem ersten Akt folgte der zweite. Diesmal wollte Aurelia genommen werden. Zuerst von hinten, dann von oben. Nach 5 Minuten Doggyspiel drang ich als Dominator missionarisch in sie ein. Ihre Pussy nahm meinen Kegel gierig auf. Ich arbeitete. Sportlich war ich.

Sie trieb mich zu Höchstleistungen, denn sie wollte es schnell und immer schneller, fest und immer fester, hart und immer härter. Ich folgte ihren Anweisungen, während Aurelia wieder ihre überzogene Stöhnerei abzog. Ich weiß, dass ich verdammt gut bin, aber ich befinde mich ja nicht in einer Sexorgie mit 10+ Frauen, die um die Wette stöhnen. Ich kam. Sie stöpselte aus und riss das Kondom weg. In einem Affenzahn wichste sie mich auf ihren 29-jährigen Körper aus. Ich spritzte heftig. 2 Spritzer spritzten über sie hinweg, einer landete in ihrem Gesicht, dann Brüste, Bauch und schließlich Muschi. Ich hatte unterschrieben.

Persönlich und noch feucht. Nun war ich sportlich ausgepowert. Fertig. Wir kuschelten noch kurz, dann duschten wir uns frisch und gingen getrennt in die Menge zurück. John Paul hatte einen ebenso geilen Abend mit seiner Isla wie ich mit seiner Aurelia. Schlafen. Gute Nacht. An Tag 2 zeigte mein Held mal wieder der ganzen Meute, wer hier die Nummer Eins ist: JP gewann fast alles und ließ sich mit Recht feiern. Isla himmelte ihn an, war aber selber die Beste bei sich. Viele Stunden heißer Blicke später: Ich klopfte gegen 21:30 Uhr an Aurelias Tür. Sie ließ mich herein und startete das Spektakel mit einem Blowjob.

Aurelia kniete vor mir auf dem Boden, splitterfaserpudelnackt, und befriedigte mich. Ihr Blowjob war anders, aber trotzdem geil. Sie hatte eine spezielle Zungentechnik, die mal irritierte, mal beflügelte. Ohne Warnung schoss ich ab. Damit hatte Aurelia nicht gerechnet. Sie bekam einen Würgereiz und ließ sofort von mir ab. Mist! Während sie sich aushustete, wichste ich selbst zu Ende. Schön auf sie drauf. Mein Sperma ging in ihr Haar und befleckte von oben satyromanisch ihren Körper, aber sie hatte andere Probleme. Aurelia hustete immer noch und schnappte nach einer Flasche Sprudel.

Halbe Bottle auf Ex. Dann hatte sie sich endlich wieder im Griff. „Was für eine Ladung, Mann“, schaute sie mich erschöpft an. „Ich kam mit dem Schlucken nicht hinterher, wäre fast gestorben.“ „Na, zum Glück bist Du nicht gestorben. Leider hast Du abgelassen, ich musste es mir selbst zu Ende machen.“ „Sorry, aber ging nicht anders.“ „Alles gut.“ „Ich mache es wieder gut, versprochen.“ Zuerst machte ich sie wieder gut. Ihren Schock durfte sie mit Leckorgasmen überwinden.

Ich tauchte ab und stimulierte Aurelias wundervolle Klitoris mit meiner Zauberzunge und meinen magischen Fingern. Die Lehrerin schmeckte so gut bei jedem ihrer Orgasmen. Ich weiß echt nicht, welche Säfte sie dabei produzierte und ausschüttete, aber diese waren köstlichst. Nach einer halben Stunde Cunnilingus war Aurelia überglücklich und bereit, ihr Malheur von vorhin zu bereinigen. Ich drang seitlich hinter ihr liegend in sie ein und fickte sie gut. Dann durfte sie reiten.

Leider wieder etwas zu sehr Porno. Kommen wollte ich nochmal in ihren Mund. Sie musste bzw. durfte es mir genauso zu Ende machen wie vorhin. Ich stand, sie kniete. Sie blies. Ich kam. Sie schluckte. Sie lebte. Ich strahlte. Danke! Duschen. Zurück ins Geschehen. John Paul war glücklich. Ich auch. Schlafen. Gute Nacht. Nächster Tag erfolgreich: JP ist the very best! Goodbye Sportlager, Goodbye Aurelia. Da meine liebe Frau bei den nächsten beiden Sportveranstaltungen unbedingt dabei sein wollte, verlor ich die 29-jährige Aurelia aus den Augen und widmete mich schnell neuen Abenteuern.

Der Messeständer

Gesehen. Gelikt. Gebaggert. Geknutscht. Gefickt. Das war Valentina. Ich lernte sie auf der Messe Stuttgart kennen, wo sie als 24-jährige Hostess von BMW gebucht war und eine tolle Figur zu den neuesten Sportmodellen machte. Valentina sah aus wie das bezaubernde Tennis-Ass Gabi Sabatini Anfang der 1990er. Rassig und wild, hatte argentinische Wurzeln. Ich kaufte sie mir für den Abend. Für 600 Euro cash sagte sie Ja. Dafür gehörte sie mir den Abend ab 23 Uhr und die Nacht bis 8 Uhr morgens. Sie war beautiful und leidenschaftlich zugleich.

Nach einer gemeinsamen Dusche durfte ich sie nehmen. Von hinten. Dann von oben. Dann von unter ihr. Sweet Valentina sprach perfekt Englisch und Deutsch. Sie war frisch verheiratet, aber die 600 Euro nahm sie gerne mit. Haben viele junge Frauen nötig. Mittlerweile prostituieren sich schon etliche Studentinnen, um ihre Miete zahlen und ihre Lebenserhaltungskosten stemmen zu können.

Schlecht für sie, gut für mich! Valentina hatte eine rassige Pussy mit dunklen, feuerroten Schamlippen. Ihre Clit-Klitoris war zuerst unsichtbar, dann das absolute Highlight ihrer Vulva. Sie schwoll an wie ein Penis. Ich konnte sie prima lecken und saugen. Valentina dankte es mir rasch mit guten Orgasmen. Auch ich hatte welche. 3. Den ersten beim Fick. Den zweiten etwas später in ihren Mund. Den dritten früh morgens nach dem Schlaf als Ergebnis ihres Ritts. Mit ihrer rechten Hand beendete sie es.

Ihre langen, schönen Finger umschlossen meinen King Kong dongig. Ich gab Valentina 50 Euro Trinkgeld für extragute Leistungen. Am zweiten Messetag musste ich kein Geld investieren. Micaela (28) ging freiwillig mit. Auch sie war als Hostess angestellt. Sie wollte mich, nachdem ich sie wollte. Ich fickte sie am Abend bunt durch, sie blieb die Nacht bei mir, wir fickten morgens nochmal mit geilem Schluck-Blowjob-Finish. Dann ging es zurück nach München.

Die Friseurin, die mehr konnte

Beruflich lief es sehr gut bei mir, doch die Coronapandemie nervte. Zum einen musste ich mit meiner TV-Produktionsfirma einige finanzielle Verluste einstecken, wobei wir immer noch viele Millionen im Jahr verdienen, zum anderen machten die staatlich angeordneten Isolationsbestimmungen und Maskenregeln das Kennenlernen junger, williger Frauen deutlich schwieriger. Aber wo ein Wille ist, ist immer ein Weg!

Dieser führte mich zum neuen Friseurladen, der neben meinem Office eröffnet hatte. Ich ging täglich vorbei und sah dort drin immer sehr attraktive Frauen am Schneiden. Jung waren sie, keine älter als 30. Ein dynamisches Team an sexy Blondinen. Sie trugen alle Hot Pants und zeigten ihre haarfreien, gebräunten Model-Beine. Mein nächster Haarschnitt war früher als geplant fällig, das entschied ich kurzerhand zu meinen Gunsten. Ich checkte ein und erkundigte mich nach einem Termin, doch die waren tagelang ausgebucht.

Ich sollte auf der Website des Salons selbst einen Termin buchen. Gesagt, gebucht. In einer ruhigen Minute durchklickte ich die Galerie der zur Verfügung stehenden Friseurinnen. Eine hübscher als die andere. Da! Die gefiel mir am besten. Sie war auch die Jüngste im Stamm. Johanna, 24. Hobbys: Reiten, Schwimmen, Party. So präsentierte sie sich mit 4 Fotos. Foto 1: Sie schneidet einem männlichen Model die Haare. Lasziv lächelt sie dabei in die Kamera.

Foto 2: Sie schneidet einem älteren Sack die Haare. Er grinst dabei mehr als sie. Foto 3: Sie sitzt auf dem Kundensessel und schlägt dabei ihre langen Beine übereinander. What a pic! Foto 4: Johanna im Schwimmbad. Im Bikini. Sie drückt sich vom Beckenrand hoch. Natürlich hübsch. Sie muss es sein! Ich angelte mir einen späten Termin um 18 Uhr, 14 Tage in der Zukunft. Diese 14 Tage vergingen wie 1 Monat. Endlich war es soweit: Ich lernte Johanna kennen. Sie kam aus München und begrüßte mich äußerst sympathisch, gleich auf Du und Du. Ich freute mich. Wir kamen nett ins Gespräch und sie fragte mich nach meinen Wünschen.

Dann ging es los. Johanna wusch mir äußerst zärtlich die Haare, dann schnibbelte sie drauf los. Sie konnte das wirklich gut. Der Sommerschnitt nahm Gestalt an. Aus dem etwas alternden Womanizer, immerhin schon 45, wurde ein jüngerer Womanizer. Gut gefiel ich mir. Gut gefiel sie mir! Im anregenden Smalltalk erzählte ich ihr von meiner Firma nebenan und meinem spannenden Job. Sie staunte und wollte mehr darüber wissen. Auch sie berichtete mir von ihrem Job und warum sie schließlich Friseurin wurde:

„Nichts Anständiges gelernt, in meiner Jugendzeit einfach nur Fun im Kopf gehabt." Das glaubte ich ihr gerne. Ich schätzte sie als Luder der übelsten Sorte ein, sie musste schon viele Männer glücklich gemacht haben. Ich wollte der Nächste sein. Leider war der Haarschnitt schneller vorbei als mein Flirtplan aufgehen sollte, schon stand ihr nächster Kunde da. Ich zahlte und ging. Trinkgeld gab ich ihr 10 Euro. Das gefiel ihr. Ich musste sie wiedersehen, also reduzierte ich die Dauer zwischen meinen Friseurbesuchen drastisch. Statt einmal im Monat war es jetzt 14-tägig.

Termin 2 war ebenso sexy. Johanna empfing mich überschwänglich und gab sich Mühe, mir zu gefallen und gleichzeitig mein Haar perfekt zu stylen. Ich bot ihr einen Job als Model für mich an, da ich für meine TV-Produktionen immer attraktive Menschen suche und brauche. Sie meinte, sie denke gerne darüber nach. Ich gab ihr meine V-Karte und die Erlaubnis, mich bei Fragen jederzeit anrufen zu dürfen. Tat sie tatsächlich 2 Tage später. Es klingelte, da war sie am Hörer: Johanna. Wow! Ihre süße Stimme gefiel mir ungemein. „Du hast mir doch angeboten, als TV-Model für Dich zu arbeiten. Gilt das noch?"

„Selbstverständlich", antwortete ich souverän. „Bist Du interessiert?" „Ja", nickte sie durchs Telefon, „hängt aber auch davon ab, was Du zahlst." „200 bis 300 Euro pro Dreh", protzte ich. „Wow, das ist viel Geld", stöhnte sie. „Und was muss ich tun, um den Job zu bekommen?" „Du musst zum Casting kommen und von mir gewählt werden." „Du entscheidest allein?" „Ja." „Aber da werden doch viele kommen zum Casting, habe ich da überhaupt eine Chance?" „Ja, sonst hätte ich Dich nicht darauf angesprochen."

„Für welche Sendungen suchst Du?" „Weißt Du was", schob ich ein, „das erkläre ich Dir gerne bei einem leckeren Cocktail im Leo´s, gleich hier ums Eck. Jetzt am Telefon ist schwierig, mein nächster Termin wartet schon." Damit war Johanna einverstanden. Wir verabredeten uns für morgen, 13:30 Uhr. Da hatte sie 1 Stunde Mittagspause. Und ich habe immer Mittagspause, wann und so lange ich will. Mördersexy kam sie in Hot Pants auf mich zu. Mir stockte der Atem, denn auch ihr Oberteil hatte eine klare Botschaft: Gib mir den Job!!

Johanna musste Traumbrüste haben – eng lag der Stoff an ihren sekundären Geschlechtsorganen an und zeigte mir ihre steifen Brustwarzen. Ich kniff mir unterm Tisch ins Bein. Apropos Bein: Ich bekam ein drittes. Mein Ständer hätte in diesem Moment zur Holzfälleraxt werden können. „Schön, Dich zu sehen, setz Dich", startete ich. Ich bestellte die teuersten Leo´s-Cocktails für uns und wir stießen an. Dann erklärte ich Johanna, wie unsere Castings ablaufen und welche Shows wir produzieren. Sie hatte großes Interesse, präsentiert zu werden und sich selbst zu präsentieren.

„Das heißt, ich komme zum Casting, und wenn ich etwas Glück habe, werde ich genommen." „Ja." „Ich muss nichts anderes tun, als das Casting bestehen?" „Ja." „Das Casting ist fair und nicht gezinkt?" „Ja." „Ich muss nicht mit Dir oder jemandem schlafen, um den Zuschlag zu erhalten?" „Nein. Deine Casting-Leistung allein entscheidet über das Genommenwerden oder das Abgelehntwerden." Johanna wollte alles ganz genau wissen, ich gab ihr bereitwillig Auskunft. „Und wie stehen meine Chancen?" „Gut, denke ich, aber es gibt auch viele andere hübsche, junge Frauen, die Dir Konkurrenz machen werden."

„Hm", überlegte sie, „gibt es Wege, meine Erfolgsaussicht zu erhöhen?" „Wie meinst Du das?", fragte ich neugierig nach. „Na, dass ich genommen werde." „Wie meinst Du das genau?", wiederholte ich meine Frage. „Also, mal konkret, wenn ich mit Dir schlafe, stehen meine Chancen dann besser?", grinste sie mich augenzwinkernd an. Erwischt! „Nein, das ändert daran nichts", blieb ich Profi. „Du musst Dich schon beim Casting durchsetzen. Aber wenn Du mit mir schlafen solltest, würdest Du vielleicht mehr Asche für Deine Auftritte bekommen."

„Wie viel mehr?", wurde Johanna sehr direkt. „100 Euro mehr je Auftritt." „Klingt fair", nickte sie verständnisvoll. Ja, Frise wusste, wie der Hase so läuft. Gutes Mädel. Schlaues Mädel. „Okay, dann komme ich zum nächsten Casting. Wann findet das statt?" Ich nannte ihr Tag, Zeit und Ort. Sie notierte sich alles und versprach zu kommen. 4 Tage später war der große Tag gekommen. Über 40 männliche Models und circa 60 weibliche Models zeigten ihr Talent. Nicht alle Kandidatinnen und Kandidaten waren tauglich und mir gut genug, aber schon einige.

Umso runzliger wurden meine Falten auf der Stirn, als es Richtung Auswahl ging. Fest stand: Johanna würde definitiv einen Platz bekommen. Insgesamt 10 Herren und 10 Damen waren es, die ich unterbringen konnte. Johanna freute sich riesig, als ich ihren Namen aufrief. Ein Luftsprung schenkte mir den Blick unter ihr Kleid. Rotes Höschen. Uff! Rot ist die Farbe der Liebe. Von Amor. Von Sex. Alle Loser mussten gehen, die Winner wurden von meiner vollschlanken Assistentin Sina über den weiteren Ablauf aufgeklärt. Sie unterschrieben ihre Verträge und gingen. Johanna signalisierte mir Redebedarf.

Ich richtete es ein. „Danke, dass ich dabei sein darf. Ich freue mich wirklich sehr", umarmte sie mich und drückte mir einen Kuss auf die Backe. „Stehst Du noch zu Deinem Angebot mit den 100 Euro extra?" „Ja", nickte ich selbstsicher. „Für jeden Job, den ich Dir als TV-Model vermittle, bekommst Du auf die übliche Gage 100 extra, wenn Du mit mir…" „… schläfst. Ich weiß", ergänzte Johanna den Satz zielsicher. „Ja, so soll es sein." Wir hatten einen Deal. Einen, den nur wir beide kannten. Da ihr erster Auftritt auch schon kurz bevorstand, bedeutete dies unser erstes Rendezvous.

„Wo?", fragte sie. „In der Waldmeisterstraße 67", lenkte ich sie in meine Zweitwohnung, die ich als Firmenwohnung angemietet habe und öfter mal für genau solche Zwecke nutze. Andrea weiß davon nichts. Ein Zeitfenster war schnell gefunden: ein Samstag, an dem ich „arbeiten" musste. Dear Andrea schmierte mir köstliche Jausenbrote, und sie und meine Kids wünschten mir einen erfolgreichen Arbeitstag. „Ihr Lieben, ich bin bald wieder zu Hause, es wird nur etwa 5 Stunden dauern, dann gehöre ich Euch", küsste ich alle 3 Goodbye.

So stieg der Womanizer in seinen neuesten BMW, mit allen Extras, und düste los. 30 Minuten später war ich angekommen. Vor der Tür stand Johanna und wartete auf mich. Sie sah umwerfend aus: Ihre langen, blonden Haare wehten im Wind, sie trug ein sündhaftes, rotes, hautenges Kleid und duftete köstlich nach Rose. Hinein ins Paradies. „Mach's Dir gemütlich", lud ich sie ein, es sich gemütlich zu machen. Viel Zeit brauchte sie dafür nicht, denn gemütlich bedeutete für sie nackt. Noch bevor ich A und B sagen konnte, stand sie hüllenlos vor mir. Ich starrte sie an wie der Marmor den Stein.

Ein irrsinnig schöner Frauenkörper lächelte mich an. „Ich gehöre Dir", flüsterte sie und legte sich lasziv auf das große Sofa. Ich spielte sofort mit und entkleidete mich ebenso. Mit Ständer spazierte ich auf sie zu. Sie kam mir entgegen und traf mich auf halber Strecke: kniend. Ich blickte hinab, wie sie behände meinen Schwanz ergriff und ihn in ihren lippenstiftigen Mund steckte. Mein 15-Zentimeter-Peter verschwand zu diesen 15 Zentimeter-Peter in ihrem sinnlichen Feuchtgebiet. Ich genoss es sehr, während sie mich blies.

Leider zu kurz, denn dann bot sie sich mir ganz an. Steckte mir ein Kondom zu, legte sich aufs Sofa und spreizte ihre schönen Beine weit. Diese Chance konnte ich mir nicht nehmen lassen! Der Womanizer zog sich die rote Hülle mit Noppen über und missionierte Johanna. Ihre Pussy war fein. Nicht so groß und nicht zu klein. Jung. Schön. Blank. Ihr Körper war trainiert und sexy. Ihre Brüste sportlich geformt. Diese Traumfrau kassierte gerade 100 Euro. Meine 100 Euro. Gut investierte 100 Euro! Ich fickte sie gut und dachte an einen Stellungswechsel, doch sie gefiel mir unter mir einfach zu gut.

Also nagelte ich weiter, bis ich kam. Ich ejakulierte ins Gummi und war fertig. Große Lust auf Kuscheln hatte Johanna leider nicht. Normalerweise mag ich es, diese Intimität noch auszudehnen, gerne auch für eine zweite Runde, aber die Friseuse hatte andere Pläne: Sie duschte, zog sich an, küsste mich auf die Backe, staubte die 100 Euro ab und ging. Irgendwie fühlte ich mich ausgenutzt, doch eigentlich hatte ich ja sie ausgenutzt. Na, was soll's! Keine großen Gedanken verschwenden, wenn es doch so viel Schönes auf der Welt gibt.

Eine zweite Runde hatte ich nicht bekommen, aber fest einge-plant. Daher musste bei der Rückfahrt im Puff Sexarbeiterin Agi dran glauben. Sie war nur ein Fick, mehr nicht. Ab nach Hause. Andrea und die Kids freuten sich riesig, dass ich nun das lange Restwochenende Zeit für sie hatte. Mein nächster Friseurbesuch war sehr schön. Johanna verhielt sich professionell und schnitt mich gut. Ihre nächste Buchung stand bald an. Sie fragte mich per WhatsApp wieder nach dem Extrageld. Ich sagte zu. Wieder in der Waldmeisterstraße ging es zur Sache. Diesmal kam sie in Top und Jeans. Stand ihr ebenso gut.

Schnell war sie nackt und blies mich bereit. Dann sollte ich mich wieder ausficken, doch ich hatte andere Pläne: „Diesmal reitest Du", kommandierte ich sie nach oben. Tat sie. Gelenkig nahm sie auf mir Platz. Ich sah zu, wie sie mein Glied in ihre warme Höhle einstöpselte und zu reiten begann. Diesmal stöhnte sie sogar während des Geschlechtsverkehrs, was mir wieder einmal klar machte, dass eine Frau, die auf dem Mann reitet, wohl mehr dabei empfindet als eine, die einfach nur da liegt und genommen wird.

Gut ritt die 24-jährige Friseurin und Schwimmmeister-in! Johanna wusste genau, wie das geht und wie sie einen Mann glücklich macht. Als ich ihr einen Positionswechsel vorschlug, beharrte sie dabei, weiterzureiten. Da sie dabei stöhnte und ihre Augen geschlossen hielt, muss es ihr wohl sehr gut gefallen ha-ben. Ja, aus einem Deal wurde mehr. Wie immer. Ich lag da und bestaunte ihren Anblick. So sexy sah sie aus, die Göttin über mir. Ich musste kommen. Laut und zitternd spritzte ich meine Samenladung ins Präservativ.

Wir waren fertig, doch sie noch nicht. Johanna ritt sinn-lich weiter, bis sie ihre Augen aufriss, mich ansah und urplötz-lich aufhörte. Ja, ich hatte sie erwischt! Sie wollte es doch auch! Aber zugeben konnte sie es nicht. Peinlich berührt stieg sie von mir ab und verschwand in der Dusche. 5 Minuten später steckte sie ihre 100-Euro-Prämie ein und sagte mir Tschüss. Ihre Mo-del-Buchungen erledigte Jo bravourös. Mit jedem Mal wurde sie besser. Auch beim Sex. Denn sie bestand immer auf die 100 Euro extra. Kein Problem für mich Millionär. Es pendelte sich ein, dass sie auf mir ritt.

Sie genoss es sichtlich und hörbar genauso wie ich, daran gab es mittlerweile keine Zweifel, erst recht nicht, als sie dabei kam. Orgasmen beim Geschlechtsakt erleben nicht allzu viele Frauen, da muss schon vieles passen. Und ich passe immer! Nach einigen Wochen allerdings wurde Johanna abgeworben, von einer professionellen Model-Agentur, die sie fest und exklusiv unter Vertrag nahm. Bedeutete, unsere Sex-Treffs würden dann wohl enden, da sie nun mehr als 250 plus 100 Euro pro Drehtag verdiente. Dies sagte sie mir auch so. Ich verstand.

„Einmal schenke ich Dir noch, frei Haus, dafür, dass Du mir die Türen geöffnet hast in diese neue Welt", lächelte sie mich dankbar an. Ich lächelte dankbar zurück. Ich musste diesen Abschiedsfick festhalten, für mich und die Ewigkeit. Also verkabelte ich zuvor das Aktionszimmer mit 3 unsichtbaren Spy Cams. Dann kam Johanna. Ja, sie kam wirklich. 2 Orgasmen erlebte sie beim spektakulären Ritt auf mir. Rekord. Ich platzierte uns geschickt so, dass sie frontal in die eine Cam hineinritt. Sie saß rücklings auf mir, ich konnte lediglich ihren entzückenden Rücken und ihren sportlichen Po sehen.

Wie sehr sie den Fick genoss, sah ich erst anschließend auf dem Video. Sie hatte ihre Augen geschlossen und ritt in das Zauberland. Ihre Orgasmen waren echt und hart. Ich liebe dieses Video! Ich kam nur einmal. Ein zweites Mal verwehrte sie mir leider wieder. Sie duschte sich schweißarm und küsste mich auf den Mund. „Danke für alles!" Kurze Zeit später gab sie ihre Friseurinnenlaufbahn auf, um als Model durchzustarten. Ich beobachte sie. Immer wieder entdecke ich sie in großen Formaten und auf internationalen Bühnen. Sie hat alles richtig gemacht. Sie ist hübsch, attraktiv, schlau.

Weiß, was sie tun muss, um Erfolg zu haben. Auf ihrem Weg wird sie weiter mit irgendwelchen mächtigen Typen schlafen müssen, um höher zu kommen oder ihr Level zumindest zu halten. Dafür wünsche ich Johanna viel Glück. Der Zusammenschnitt der 3 Kameraperspektiven ist mega geworden: Er zeigt, wozu der Womanizer auch heute, mit 45, noch fähig ist. Eine bildhübsche 24-Jährige befriedigt ihn hierauf mit einem Ritt des Jahrhunderts. Genau so soll es sein, genau das tut mir gut!

Besiegt und erobert

Mariella war eine bezaubernde, junge Frau, die ich vor einigen Jahren in der Münchener S-Bahn kennengelernt hatte. Normalerweise fahre ich mit meinen teuren Autos in meine Firma und zurück, aber es gab eine Phase, da bevorzugte ich die Bahn. Das zu hohe Verkehrsaufkommen aufgrund zahlreicher Großbaustellen auf den Autostraßen und -bahnen nervte mich so sehr, dass ich mir ein Monatsticket für die Bahn gekauft hatte. Dann noch eines. Und wieder eines. Insgesamt 6 Monate pendelte ich, was Vorteile sowie Nachteile hatte.

Nachteile: übervolle Züge, dreckige oder unhygienische Menschen, respektloses Verhalten, Unpünktlichkeit. Vorteile: Ich sah hübsche Frauen! Es war Sommer, also trugen viele Ladies kurz oder Mini, zeigten Haut und ließen tief blicken. Ich blickte, wohin ich konnte. Viele Ladies gefielen mir. Einige davon sprach ich an. Mit etwa der Hälfte dieser landete ich in der Kiste. Vornehmlich One Night Stands. Einfache, simple Abenteuer, ohne Bindung, Verpflichtung oder Schuld. Stets waren Spaß und Befriedigung garantiert.

Für einen verheirateten Mann wie mich genau das Richtige. Als elegant gekleideter und äußerst attraktiver Kerl Ende 30 war ich der Hingucker in der Bahn. Zahlreiche Frauen gingen in die Flirtoffensive und sprachen mich neugierig an. Einige davon gefielen mir. Mit diesen landete ich ebenso in der Kiste. Andere blockte ich ab, höflich, aber klar. Als ich Mariella sah, klopfte mein Herz schneller. Sie musste ich bekommen! Eine wasserstoffgebleichte Blondine Mitte 20 saß mir gegenüber und hörte Musik.

So ein wunderschönes Gesicht konnte doch nicht echt sein! Kein Makel, alles perfekt. Ihr Körper war schlank und sexy. Mariella trug ein kurze, schneeweiße Hose und hatte ein rotes, enges Bugs Bunny-Shirt an. Lass mich Deine Karotte sein, dachte ich sofort. Mariella beschäftigte sich mit sich, nicht mit mir. Ignorierte meinen Blick und fuhr bis zum Leuchtenbergring, wo sie ausstieg. Was für ein Geschoss! Ich fand immer mehr Gefallen am S-Bahn-fahren.

Am nächsten Morgen nahm ich dieselbe Bahn um dieselbe Zeit. Und es waren fast dieselben Menschen, die mit mir fuhren. Ich durchquerte den Wagon, bis ich sie sah. Gegenüber von Mariella war besetzt, aber eine Reihe weiter war frei. Ich ließ mich nieder und hatte sie bestens im Blick. Diesmal trug Mariella ein süßes Kleidchen. Ich schätzte sie auf 1,70 m und 52 kg. Brüste schön, nicht sonderlich groß, aber müssen sie ja auch nicht. Ich mag es ohnehin etwas kleiner und fester mit den Titten. Andreas Brüste haben sich im Laufe der Jahre verändert. Meine Frau hatte früher auch eher kleine, mittlerweile, nach 2 Geburten, waren sie doppelt so groß geworden. Superschön!

Aber halt anders, als ich sie kennengelernt hatte. Mariellas hellblonden Haare trug sie diesmal im Schwanz. Ihre Augenbrauen waren dunkel – braun – und offenbarten ihre echte Haarfarbe. Diesmal hatte sie eine Freundin zu Gast, mit der sie sich aufgeregt unterhielt. Die war auch sehr hübsch, allerdings deutlich älter, so um die 29. Meine Blondine hatte wunderschöne Hände und Finger. Sanft und gut gepflegt sahen ihre 10 Löffel aus. Ihre Beine waren braun gebrannt und haarfrei. Ihre Zähne schön und gesund. Ihr Lächeln faszinierte mich.

Ich wollte sweet & sexy Mariella ansprechen, doch seltsamerweise traute ich mich nicht. Womanizer, was ist los?! Ladehemmung? So ging das die nächsten Arbeitstage weiter: Ich sah sie, ich setzte mich in ihre Nähe, ich beobachtete sie, ich suchte, aber fand keinen direkten Blickkontakt mit ihr. Mir gelang es einfach nicht, Mariella auf mich aufmerksam zu machen. Ein paar Tage später fuhr sie wieder mit besagter Freundin S-Bahn. Wohl zur Arbeit.

Sie stieg wieder am Leuchtenbergring aus, während ihre Freundin – genau wie ich – 2 Stationen weiterfuhr. Ich musste zur U-Bahn, ihre Freundin auch! Dort nutzte ich den Moment. Bis unsere Bahn kam, in 5 Minuten, hatte ich Zeit. Ich nahm meinen Mut zusammen und sprach die Freundin an: „Hey, darf ich Dich kurz mal etwas fragen?" „Ja, bitte." „Du bist doch gerade die S2 gefahren, korrekt?" „Ja." „Bei Dir saß eine blonde Frau." „Ja, meine Freundin." „Kannst Du ihr das bitte von mir geben?" Ich reichte ihr meine Visitenkarte zu. „Was ist das?" „Meine Firmen-Visitenkarte."

„Wozu?“ „Deine Freundin gefällt mir unwahrscheinlich gut. Ich sehe sie öfter in der S-Bahn, aber traue mich gerade nicht, sie anzusprechen. So ist es leichter. Richte ihr bitte aus, ich würde mich sehr freuen, wenn ich die Chance bekäme, sie mal auf einen Drink einzuladen.“ „Okay“, nickte die Freundin hilfsbereit, „ich gebe Mariella die Karte.“ „Danke.“ Da kam auch schon unsere U-Bahn. Am frühen Abend, ich saß wieder in der S-Bahn, klingelte mein Handy. Eine unterdrückte Nummer. Ich ging ran. „Hallo, hier ist Mariella, die Blondine aus der S-Bahn.“

Mein Herz schlug höher. „Hallo, schön, dass Sie anrufen“, freundschaftelte ich los. „Ich freue mich sehr.“ „Sie haben meiner Freundin Conny Ihre Karte für mich gegeben.“ „Korrekt.“ „Was wollen Sie?“ „Ich habe Sie in der S-Bahn gesehen, wir haben dieselbe Strecke, die S2, und ich muss gestehen, Sie gefallen mir unheimlich gut. Seltsamer Weise habe ich mich aber nicht getraut, Sie anzusprechen, obwohl ich mehrmals die Gelegenheit dazu gehabt habe. Daher bin ich heute den Umweg über Ihre Freundin gegangen, als Sie raus waren.“ „Soso“, antwortete Mariella interessiert. „Und jetzt?“ „Ich würde Sie gerne auf einen Drink einladen.“

„Fahren Sie morgen wieder die S2?“ „Ja.“ „Dann setzen Sie sich zu mir, sodass ich sehen kann, wer Sie überhaupt sind. Alles Weitere wird sich daraus ergeben.“ Am nächsten Morgen um Punkt 7 Uhr setzte ich mich zu ihr. Mariella sah wieder umwerfend aus. Diesmal trug sie eine hautenge Jeans, ein knalliges Shirt plus Jeans-Jacke. Dazu Gucci-Tasche. „Ach, Sie sind das also“, lächelte Mariella mich freundlich an. „Wir saßen uns bereits gegenüber.“ „Korrekt“, schüttelte ich ihre Hand.

Nach einem Smalltalk über die banalen Dinge des Lebens wurde es ernst: „Und, darf ich Sie einmal daten?“, riskierte ich alles. „Jeder Mann, der mir gefällt, darf mich einmal daten. Die Frage ist nur, ob es ein zweites Mal gibt.“ Mariella sagte zu. Ich freute mich. An einem Nachmittag in München war es soweit: Ich verließ meine Firma 1,5 Stunden früher als sonst, um mir ebendieses Zeitfenster zu schaffen. Mariella kam auch gerade von der Arbeit, sie workte eine 35-Stunden-Woche für eine große Versicherung mit 4 Buchstaben, aber nicht die ARAG. In einer chilligen Bar kamen wir uns näher.

Ich verriet ihr meinen Beruf, hielt aber meine Beziehungskiste geheim. Erst als Mariella konkret anfragte und mich mit ihren wunderschönen, blauen Augen tief anblickte, erzählte ich ihr von meinen Kids und meiner Frau. Ich konnte einfach nicht lügen in diesem Moment. „Na, immerhin bist Du ehrlich", lächelte sie. Schon waren wir beim Du. „Die meisten Kerle erzählen was von Single, und dann steht plötzlich die Ehefrau vor meiner Tür. Das ist unfein." „Wenn ich Dich richtig verstehe, interessierst Du Dich für mich." „Ja." „Du würdest gerne ein zweites Date haben." „Ja."

„Und mehr als nur Daten auch." „Ja." „Aber keine Beziehung oder so." „Genau." „Nur Spaß." „Ja." Ich wurde unsicher. „So pauschal kann man das nicht sagen. Ich finde Dich unglaublich reizvoll, würde Dich gerne näher kennenlernen, mit Dir … na, Du weißt schon. Worauf es schließlich hinausläuft, weiß ich noch nicht, das kann ich noch nicht sagen. Hängt natürlich auch von Dir ab, wie Du dazu stehst und was Du von mir hältst." „Also, optisch bist Du überhaupt nicht mein Typ." „Ehrlich?", schockierte ich mich.

„Quatsch", lachte sie laut, „reingelegt. Optisch bist Du schon eine Eins mit Stern. Aber ich gebe mich nicht einfach so jedem Mann hin. Da muss mehr stimmen, als nur das Äußere." „Was ist Dir wichtig?" „Er muss witzig sein." „Bin ich." „Charmant." „Bin ich." „Großzügig." „Bin ich." „Und leidenschaftlich." „Ja, bin ich." „Gut im Bett und Spaß am Sex haben." „Bin ich und habe ich!" „Arrogant." „Bin ich." Pause.

„Bin ich nicht!" Mariella lachte. Ich auch. Ich war reingefallen. Leider war die Zeit schneller um als gedacht. Wir verstanden uns gut. „Und, bekomme ich ein zweites Date mit Dir?" „Muss ich mir überlegen", hielt sie mich bewusst hin. „Ich sage es Dir morgen in der Bahn." „Na gut." Wir gingen. Ich fuhr nach Hause, sie wollte noch etwas shoppen gehen. Die nächste Bahnfahrt war wild, denn Mariellas Minirock war echt unfair. Meine Müdigkeit war wie weggeblasen. Ich starrte wohl sehr offensichtlich auf ihre Traumbeine. „Gefallen sie Dir?", fragte sie mich." „Ja, sehr", war das Einzige, das ich noch herausbrachte. Mariella kicherte. „Also, Du bekommst ein zweites Date. Bekommen nicht alle.

Bedeutet aber nicht, dass damit alles klar ist. Nach dem zweiten Date folgt ein drittes Date, und solltest Du das auch bestehen, dann erwartet Dich eine Challenge. Wenn Du diese gegen mich gewinnst, dann bekommst Du mich für 1 Nacht." Ein Ziel! Ich hatte ein Ziel! „Okay, ich gebe mir alle Mühe, Deinen Anforderungen gerecht zu werden." Wir flirteten die 30 Minuten S-Bahn-Fahrt, dann ging jeder seine Wege. Am Nachmittag bekam ich Date Nummer 2 in einem Café-Restaurant, das sie ausgesucht hatte. Hier gab es lecker Kuchen! Sie Apfel, ich Marzipan. I paid.

Ich fand heraus, dass Mariella seit 2 Jahren Single war. Ihre bisherigen Beziehungen waren kurz und unfruchtbar gewesen. Sie lebte das Leben, um es zu leben. Der heutige Spaß war ihr wichtiger als der morgige Nebel. Richtig so. Ich fand außerdem heraus, dass sie 2 Brüder hatte, aber ihre Eltern mehr liebte. Sie wohnte gerade mal 10 km von mir entfernt in einer kleinen, aber meinen 2-Zimmer-Wohnung, wie sie sagte. War von München City herausgezogen vor 12 Monaten. Lieber pendeln als dumm und dämlich zahlen, war ihr Motto. Am Ende des Dates fragte ich:

„Und, habe ich bestanden? Schaffe ich es in die nächste Runde?" Mariella überlegte kurz. „Sage ich Dir morgen in der S-Bahn." Morgen in der Bahn: „Also, Du hast Date Nummer 2 bestanden, es folgt Date Nummer 3. Lass uns spazieren gehen." Taten wir noch am selben Nachmittag. 1 Stunde durch den noblen Olympiapark. Viel war los, aber ich hatte nur Augen für Mariella. Sie brachte mich nun in Bedrängnis, indem sie mich über meine Familie ausfragte.

Als ich zögerte, schaute sie mich schnippisch an, was mir klarmachte: Um dieses Date zu meistern, muss ich ehrlich sein. Ich war ehrlich, erzählte ihr von meiner Frau Andrea und meinen beiden Kids. Sie wollte Fotos sehen, ich hatte welche dabei, sagte aber: „Ich habe gerade keine dabei." „Und was erwartest Du nun von mir?", wollte Mariella wissen. „Das musst Du entscheiden", konterte ich. „Zuerst einmal muss ich ja auch dieses Date bestehen, dann noch die Challenge gegen Dich gewinnen. Ist ein harter Weg. Und dann weiß ich nicht einmal, zu was Du bereit bist.

Also, ich gebe die Frage an Dich zurück: Was bekomme ich von Dir in dieser Nacht?“ „Alles, was Du möchtest, wenn Du diese Nacht bekommst.“ „Nur eine?“ „Ja, erstmal nur eine, alles Weitere entscheide ich dann.“ „Eine ist besser als keine“, grinste ich. Date Nummer 3 meisterte ich auch. Ich strahlte wie Sonne, als Mariella mir am nächsten Morgen verkündete, dass nur noch die Challenge zwischen mir und ihr stand. „Und was muss ich tun, um Dich zu besiegen und Dich zu bekommen?“ „Du musst mich im Kickern schlagen.“ „Im Kickern?“, fragte ich erstaunt. „Ja, Kickern. Tischfußball.“ Ich freute mich wie der Ball, denn Kickern kann ich verdammt gut.

Mit Kickern organisierte ich mir mehrere Frauen, eine davon war Anush. Wir reisen zurück: Nach meiner Medienausbildung gönnte ich mir 1,5 Jahre als Animateur im Ausland. Im Bereich Sports & Entertainment arbeitete ich für Robinson. Im Soma Bay Club in Ägypten und im Cala Serena in Spanien trieb ich mein Unwesen. Nachdem ich geschnallt hatte, wie das läuft im Paradies, wurde ich schnell zum gefragtesten Womanizer des Teams. Eines Tages wurde uns eine neue Kollegin vorgestellt, sie hieß Anush und war 25 Jahre schön.

Die Halbrussin kam als Tanz-Choreo und trainierte mit uns die Abendshows ein. Anush war ein Traum von Frau: 1,72 m groß, 50 kg leicht, top trainiert und die Ausstrahlung einer Queen. Ihre Haare waren hellblond-rötlich und tagsüber immer hochgesteckt, abends trug sie diese offen. Ihre Augen hatten etwas sehr Sündiges an sich. Ebenso ihr Grinsen. Sie wusste, wie man Männer verrückt macht. Und genau das tat sie auch. Ganz bewusst. Anush verdrehte uns die Köpfe. Alle Jungs im Team waren rattenscharf auf sie und jeder versuchte sein Glück, doch sie erteilte allen eine Abfuhr.

Ich hatte genug am Laufen, also musste ich nicht an ihr baggern. Eines Abends spielte ich mit einigen Gästen Tischfußball. Ich bin ein wahrer Crack. Ich zockte regelmäßig mit Gästen um Getränke und gewann 98 % aller Partien. Anush kam dazu und schaute zu. Als ein Gast uns zum Doppel aufforderte, wollte sie nicht Nein sagen und gesellte sich zu mir. Gemeinsam schlugen wir alle Gegner, die uns vor die Füße kamen. Ja, Anush spielte verdammt gut.

Sie erzielte viele Tore und war schnell am Griff. Als es 1:30 Uhr geworden war und sich die Gäste nach und nach ins Bett verzogen, sprach sie mich auf mein Talent an: „Du spielst verdammt gut", nickte sie mir lobenswert zu. „Du aber auch", lobte ich zurück. „Ich habe gehört, Du spielst mit Gästen auch um Getränke." „Ja", antwortete ich, „und ich gewinne so gut wie immer." „Vielleicht besiege ich Dich ja", grinste sie mich dämlichst an. „Das glaube ich nicht", revanchierte ich und meinte, sie könne es ja versuchen. Mutig nahm sie meine Challenge an. Sie war gut, verlor nur 6:10 Tore. „Nochmal", bat sie und verlor wieder, diesmal 2:10.

Nochmal. Diesmal war es richtig knapp, 9:10. Nach 2 weiteren Spielen entschuldigte sich Anush ins Bett und ging. Es wurde zur Routine, dass Anush abends bei mir vorbeischaute und wir zusammen im Doppel die Gäste abzogen. Danach spielten wir noch 5 oder 6 Runden gegeneinander, die immer ich gewann. Meistens schaffte Anush 5 bis 6 Tore, manchmal sogar 8 oder 9, manchmal nur 2 oder 3. Aber unter 2 Tore schoss sie nie. Mittlerweile hatte ich meinen Flirtkurs bei Anush aktiviert, doch den blockte sie immer gnadenlos ab: „Ich werde hier in meinen 6 Monaten im Club keinen Sex mit Kollegen oder Gästen haben, das habe ich mir geschworen", sagte sie immer.

Und sie hielt sich auch daran. Sämtliche Kollegen hatten aufgegeben und eingesehen, dass es sinnlos war, ihr schöne Augen zu machen. Ich glaubte weiter an mich und kassierte lieber jedes Mal eine Flirtniederlage bei ihr, als klein beizugeben. „Ich weiß, dass Du ein großer Womanizer bist und jeden zweiten Abend eine Tussi abschleppst, aber mich nicht!", gab sie mir zu verstehen. Egal, ich gab nicht auf.

Eines Abends, nachdem wir wieder gnadenlos im Doppel die Gäste zerstört und gute Getränke gewonnen hatten, kündigte Anush ihren Sieg an: „Heute werde ich Dich schlagen. Ich weiß es. Heute bist Du reif!" „Blah Blah Blah. Ich zerstöre Dich wie jeden Abend", gab ich neckisch zurück. „Mag sein, aber 1 Runde werde ich gewinnen, Du wirst schon sehen." „Niemals!", konterte ich. „Wetten doch?", ertönte aus ihrem frechen Mund. „Um was willst Du wetten?", ertönte aus meinem. „Ich wette, dass ich Dich heute einmal besiege.

Mindestens einmal aus 6 Spielen.“ „Ich wette entschieden dagegen. Das schaffst Du nicht“, war meine trotzige Antwort. „Gut, um was wetten wir?“, fragte ich. „Wenn ich gewinne“, zeigte sie auf mich, „wirst Du endlich aufhören mit Deinen Anmachen mir gegenüber. Ich werde nicht schwach. Ich weiß, Du gibst so schnell nicht auf und versucht es mit bestimmten Andeutungen und Blicken immer wieder, ich bekomme das sehr wohl mit, aber meine Antwort kennst Du: Nein! Kapiere es endlich. Flirte lieber mit denen, die Ja sagen.“ Ich überlegte. „Okay. Wenn Du mich heute in den 6 Runden einmal besiegst, höre ich auf damit und sehe es ein.“

„Nichts für ungut“, lächelte Anush mich an, „ist nichts gegen Dich. Du bist ein attraktiver Typ, und unter anderen Umständen wäre es sogar denkbar für mich, aber als ich in diesen Club kam, habe ich mir geschworen, nicht das typische Animations-Leben zu führen, sondern auf die ganzen Oberflächlichkeiten und diese Scheinwelt zu verzichten.“ „Habe schon verstanden“, nickte ich und bestätigte Anush meinen Wetteinsatz: „Wenn Du mich heute in den 6 Spielen einmal besiegst, lasse ich Dich in Ruhe.“ „Danke“, hauchte sie und fragte nach meinem Wettwunsch. Der war klar: „Wenn ich Dich heute 6:0 Sätze besiege, gehörst Du 1 Nacht mir.“

„Hahaha“, lachte Anush los und schüttelte ihre Mähne. „Du bist ja ein Komiker. Da erkläre ich Dir gerade ausführlich, dass das nicht drin ist, aber der Kerl gibt einfach nicht auf! Das ist schon ziemlich frech. Echt unglaublich.“ „Ich soll also Deinen Wettwunsch akzeptieren, und Du meinen nicht?“, fragte ich genervt. „Denke Dir etwas anderes aus, aber diesen Einsatz mache ich nicht mit.“ Ich überlegte.

Ich kannte ihren Ehrgeiz und mir fiel ein schändliches Angebot ein: „Pass auf, ich besiege Dich 6:0 Spiele mit nur einer Hand.“ Wieder lachte Anush laut los: „Du hast sie ja nicht alle! Mit einer Spielhand willst Du 6 Spiele gegen mich gewinnen? Unmöglich! Wenn Du mit nur einer Spielhand zockst, gewinne ich alle 6 Spiele.“ „Ich bleibe dabei“, schoss es selbstsicher aus mir heraus, „ich besiege Dich 6:0 Runden mit nur einer Hand. Solltest Du auch nur 1 Spiel für Dich entscheiden, hast Du unsere Wette gewonnen und ich flirte Dich nicht mehr an.“

„Gut, so soll es sein", nickte sie. „Ich hätte nicht gedacht, dass es doch so einfach ist, Dich mundtot zu kriegen." „Aber sollte ich mit einer Hand 6:0 Spiele gegen Dich gewinnen, gehörst Du für 1 Nacht mir." Nach einem Schock über meine Dreistigkeit kicherte Anush los, dann wurde sie ernst: „Du bist echt unverschämt. Was glaubst Du, wer ich bin?! Eine Nutte?!" „Nein", lächelte ich freundlich, „aber eine Sportlerin mit viel Ehrgeiz und großem Können. Und als Sportsfrau solltest Du auch fair eine Wette annehmen, wenn Du so überzeugt von Deinen Fähigkeiten bist, die Du ja hast.

Du sagtest selbst, mein Sieg sei unter diesen Umständen unmöglich. Also, dann hast Du doch nichts zu verlieren." Anush kam ins Nachdenken. Sie schüttelte den Kopf: „Nein, mach ich nicht." „Pass auf", ging ich raus, „ich spiele mit meiner schwächeren, der linken Hand." Da horchte Anush auf. „Du mit Deiner linken Hand gegen meine beiden?" „Yes", antwortete ich, „und ich wette, dass ich Dich mit meiner schwächeren linken Hand 6:0 Spiele nacheinander besiege. Solltest Du mit beiden Händen auch nur 1 Spiel für Dich entscheiden, hast Du unsere Wette gewonnen und ich flirte Dich nie wieder an, versprochen!

Sollte ich Dich aber mit meiner linken Hand 6:0 Spiele nacheinander besiegen, gehörst Du 1 Nacht mir." „Okay, Deal", schlug sie ein. „Da ich diese Wette jetzt schon gewonnen habe, kann sie ruhig gelten. Es ist unmöglich, dass Du mich mit Deiner schwächeren Hand auch nur 1 Runde besiegen kannst, wenn ich normal spiele. Geschweige denn 6 Runden. Niemals! Eher geht die Welt unter." „Gut, dann haben wir endlich einen Deal. Los geht´s!", eröffnete ich das Spiel.

Ich hatte noch nie nur mit einer Hand, geschweige denn nur mit meiner schwächeren Hand gespielt, warum auch, aber da musste ich jetzt durch. Ich hatte Probleme und lag schnell 0:3 hinten. Anush triumphierte und genoss die Führung. Sie spielte gut, konzentriert und sicher. Trotzdem fand ich ins Spiel und verkürzte auf 2:3. Anush gab Gas und knallte mir 3 Fernschüsse rein. 2:6. So schnell konnte ich gar nicht umgreifen, mein Torwart war verwahrlost. Ich konzentrierte mich noch mehr und erzielte schöne Tore aus der Mittelreihe. Kurz darauf stand es 6:6. Anush ärgerte sich und meine immer wieder:

„Das kann doch gar nicht sein“. Ich ging in Führung, 8:6. Sie verkürzte und glich auf 8:8 aus. Mit Glück gelang mir ein kurioses Kick-Tor und dann der Siegtreffer. 10:8. Ich hatte mit meiner schwächeren linken Hand die bärenstarke, beidhändig spielende Anush am Kickertisch besiegt. „Na gut, der erste Satz geht an Dich, hast Dich gut reingekämpft, aber jetzt bist Du dran“, griff Anush an. Wieder ging sie in Führung. Ich konterte mit unhaltbaren Schüssen des Sturms und lag schließlich 5:2 in Front. Diesmal war ich bärenstark und holte mir jeden Einwurf sofort. Wenige Minuten später war der zweite Satz Geschichte und ich gewann eindrucksvolle 10:4 Tore.

Ich grinste: „Na, jetzt schaust Du doof.“ „Ich zeige Dir gleich, wie schön Verlieren ist“, fauchte sie und startete Satz Nummer 3. Ich ging in Führung mit 3:0, doch Anush holte auf und überholte mich auf 3:6. Dann sogar 3:7. Jetzt wurde es eng. Ich zeigte ihr einen neuen Trick und schoss so 3 Tore am Stück. „Du Drecksack, wie machst Du das?!“, fluchte Anush und versuchte, schneller als ich zu sein. Ich glich auf 7:7 aus und ging in Führung. 8:7. Dann 9:7. Ihr Billardtor kam zu spät, denn der nächste von mir war drin. 10:8 hatte ich es ihr erneut gezeigt.

Ich war stolz auf mich und jubelte nicht nur innerlich. „Bald gehörst Du mir“, starrte ich Anush an und steckte meinen Zeigefinger in den Kreis der anderen Hand. Das Fick-Symbol. „Quatsch mit Soße, niemals!“, kreischte sie. „Ich fege Dich jetzt von der Platte. Ich habe Dein einhändiges Spiel studiert und werde Deine Schwächen eiskalt bestrafen.“ Anush versuchte es, aber schaffte es nicht. Der vierte Satz war ausgeglichen, aber im entscheidenden Moment legte ich einen Zahn zu und versenkte die wichtigen Schüsse in ihrem Tor.

„Verdammte Scheiße!“, zürnte sie den Apparat an und trat ihn. „Hey, der kann doch nichts dafür“, raunzte ich Anush an. „Ich muss meine Aggressionen aber rauslassen, daher lieber ihn als Dich treten“, antwortete sie. Recht hatte sie. Bevor Satz Nummer 5 startete, provozierte ich sie: „So, nur noch 2 Runden, dann ist es vorbei. Da Du mir ja dann gehörst und ich die Nacht mit Dir gewonnen habe, darf ich entscheiden, was wir alles treiben“, grinste ich. „Ich verspreche Dir: Ich werde voll und ganz auf meine Kosten kommen, und Du ebenfalls.“

„Dir treibe ich Deine perversen Sex-Fantasien mit mir schon aus, Freundchen“, drohte sie und warf zu Runde Nummer 5 ein. Anushs Gedankenkino war mächtig, denn in diesem Satz bekam sie nicht viel gebacken. Sie gab sich zwar große Mühe, doch machte für sie untypische Leichtsinnsfehler. Zu nervös war sie geworden. Gut für mich. Ich spielte souverän meinen besten einhändigen Tischfußball und vernichtete sie 10:2. Arme Anush. Das war hart. Genauso hart wie der Dong in meiner Womanizer-Hose. Die Anush war verzweifelt: „0:5, das kann nicht wahr sein. Wieso kann ich diesen Penner nicht besiegen?!

Nicht einmal, wenn der den einarmigen Banditen mimt. Mit welcher schwarzen Magie hast Du mich belegt?!“ „Mit der Gier, Dich endlich zu haben“, drückte ich mich charmant aus. „Nach all den Wochen der Abfuhr und des Abblitzen-lassens, das habe ich mir jetzt verdient, dafür gebe ich alles.“ „Mich wirst Du nie gewinnen, denn jetzt zerstöre ich Deine Träume“, hob Anush ihre Faust. „Jetzt geht´s ums Ganze! Mir viel Glück und Dir viel Pech.“ Wie unsportlich ist denn das, bitteschön! Egal. Typisch Frau halt.

Dann bestrafe ich Anush eben mit einem weiteren Sieg. Doch dieser rückte in weite Ferne, denn Anush spielte ihren besten Kicker. Schnell stand es 0:2, dann 0:4 aus meiner Sicht. Sie erhöhte auf 0:5 und 0:6. Anush war auf der Gewinnerstraße und triumphierte. Ich musste mein Spiel ändern und überraschte sie mit neuen Spielzügen und Torschüssen mit Toren aus Winkeln, die eigentlich gar nicht möglich sind. Anush staunte. Und schon stand es 4:6. Doch sie war am Zug und schoss 2 Tore. Mist! 4:8. Komm schon, Junge, jetzt alles geben! Ein Glückstor half mir zurück ins Spiel. Und noch so ein kurioses Ding! 6:8. Dann ein Hammertor von Anush, 6:9. 3 Satzbälle und somit Matchbälle für unsere Wette. Ich musste mich wehren.

Mit Können blockte ich ihren Torschuss ab und setzte gleich mit meiner Abwehrreihe einen Torschuss nach, der böse einschlug bei ihr im Kasten. 7:9. Das 8:9 fiel dann blitzschnell. Anushs Hände zitterten. Sie war sehr aufgeregt. Ich sehr erregt. Als es schnell und wild hin und her ging, verblüffte ich Anush mit einem langsamen Kullertor-Trickschuss von ganz links außen. Damit hatte sie nicht gerechnet. 9:9.

„Was nun? 2 Tore Vorsprung oder das nächste Tor zählt?“, fragte ist. „Das nächste Tor zählt“, antwortete Anush und warf fix ein. Noch fixer knallte ich ihr den Ball rein. „Tor! Gewonnen!“ „Was ist los?“, stellte Anush mich zur Rede. „Wir hatten doch 2 Tore Vorsprung ausgemacht, mein Freund, Du hast noch nicht gewonnen.“ Ich schluckte und korrigierte Anush, doch sie ließ nicht mit sich reden. „Da musst Du Dich verhört haben, ich sagte 2 Tore Vorsprung.“ Okay, dann bestrafe ich das Luder dafür doppelt so hart! Der letzte Ball war ein wilder, und plötzlich lag er in ihrem Gehäuse. Anush konnte es kaum glauben und suchte nach einer Ausrede, doch sie fand keine. Ich blieb still und fixierte sie. Sie rang nach Fassung und schluckte. Dann schaute sie mich an. Genau in die Augen.

Sie streckte mir die Hand entgegen, nahm meine, schüttelte diese und gratulierte mir: „Glückwunsch, Du hast gewonnen.“ Mehr brachte sie nicht heraus. Ich blieb Gentleman. Ich hätte meinen unfassbaren Sieg auch laut herausposaunen können, aber das wäre unsportlich gewesen. Was nun? Würde sie ihr Wort halten, ihre Wette einlösen und die Nacht mir gehören? Trotz ihres selbst auferlegten halbjährigen Fick-Verbotes? Die Bar war fast leer, Anush bestellte sich bei Jeff einen Strawberry Kiss und schlürfte ihn seelenruhig neben mir aus.

„Komm“, sagte sie schließlich und lief los. Ich ihr hinterher. Anush führte mich in ihr Zimmer. A221 war schön aufgeräumt und sauber. Dann drehte sie sich zu mir um: „Ich weiß nicht, wie Du es geschafft hast, mich einhändig sechsmal zu besiegen, es ist unfassbar, aber Wettschulden sind Ehrenschulden. Du hast gewonnen, ich gehöre die Nacht Dir. Aber nur diese 1 Nacht.“ Ich nickte und setzte mich brav aufs Bett.

Ich hatte mächtig Respekt vor ihr und Angst, nun etwas falsch zu machen. Überrollen wollte ich sie nicht, schließlich wusste ich ihr „Opfer“ zu schätzen. Sie hatte es Hunderte Male erwähnt, dass sie nicht so eine sei und mit niemandem hier ins Bett gehe. Nun ja, das änderte sich nun gleich! Langsam und kopfschüttelnd zog sich Anush die Schuhe aus und warf sie ins Eck. Dann stiefelte sie ins Bad und knallte die Tür zu. Ich hörte sie zetern und fluchen: „Verdammte Scheiße! Aaaah!! Warum nur? Wie konnte das passieren?!

Wie konnte ich mich nur auf diese Scheißwette einlassen?!"
Dann ertönte die Dusche und ich hörte weiter nicht jugendfreie
Sprache. Ich war traurig, denn Sex soll Spaß machen. Und normalerweise reißen sich die Frauen darum, mit mir eine Nacht zu
verbringen. Das Verhalten von Anush gefiel mir gar nicht und
törnte mich ab. Ich überlegte: Soll ich sie tatsächlich ficken, während sie mich unglücklich, genervt, gelangweilt oder wütend
an- oder wegschaut, vielleicht noch dabei beschimpft, oder soll
ich lieber die Fliege machen? Ich entschied mich für das Insekt.

Neben Anushs Bett sah ich einen Notizblock plus Stift,
ich schrieb: „Liebe Anush, Deine Flucherei zeigt mir, dass es
besser ist zu gehen. Schade, ich hatte mich sehr auf diese Nacht
mit Dir gefreut. Aber wenn Du keine Lust auf mich hast, macht
es keinem von uns Spaß. Danke trotzdem für den spannenden
Abend und das Spiel. Schlaf gut." Diesen Zettel legte ich Anush
aufs Bett und verschwand. Als ich in meinem Zimmer ankam,
klingelte mein Telefon Sturm, doch ich hob nicht ab. Es konnte
nur Anush gewesen sein, aber das war mir egal. Ich duschte und
legte mich schlafen. Irgendwann nach 20 Minuten Gebimmel
war Ruhe und ich schlief ein.

Am nächsten Morgen sah ich Anush beim Meeting wieder. Sie fixierte mich die ganze Zeit, während wir mit unserem
Teamleiter die Tageseinsätze besprachen. Ihr Blick durchdrang
mich. Er war nicht böse oder aggressiv, aber auch nicht freundlich oder herzlich, ich konnte ihn nicht einordnen. Als Anush zu
Wort kam und sie ihren Probenplan verkündete, fiel mein Na-
me. Ich war geladen für eine Extra-Tanzsession für die Show
Mamma Mia um 13:30 Uhr. Als das Meeting zu Ende war, ver-
duftete ich an die Bar.

Dort fand ich bei Markus und Anita, einem Gästepaar,
ein nettes Gespräch. Anush war mir gefolgt, doch konnte nicht
stören, da ich mitten im Dreier war. Gäste haben nun mal Vor-
rang. Und schon war es 10 Uhr und mein erster Programmpunkt
stand an: Boccia. Bis 11 Uhr. Dann Volleyball bis 12:30 Uhr.
Mein Mittagessen schmeckte, doch langsam wurde mir mulmig,
was Anush von mir wollte. Als es kurz vor knapp war, schleppte
ich mich ins Theater, wo Anush bereits mit den Händen in den
Hüften auf mich wartete.

„Warum bist Du gestern einfach abgehauen?“, schoss sie mich an. „Habe ich Dir doch geschrieben“, konterte ich. „Weil Du die ganze Zeit geflucht und mir damit vermittelt hast, dass Du Dich absolut opferst, die Nacht mit mir verbringen zu müssen.“ „Na und?“, zuckte sie. „Ich darf fluchen so viel ich will, da musst Du doch nicht gleich Deinen Schwanz einziehen und die Fliege machen.“ „Das hat doch mit Schwanz einziehen gar nichts zu tun“, korrigierte ich sie. „Weißt Du, wenn ich Sex mit Frauen habe, dann freuen die sich drauf. Ich habe allein hier als Animateur schon Dutzende Frauen gehabt, geschweige denn von den Hunderten davor, und alle haben sich ganz anders verhalten als Du, als es ins Zimmer ging.“

„Das ist doch etwas völlig anderes“, zwinkerte Anush, „die sind freiwillig mitgekommen. Ich habe eine Wette verloren und muss meine Wettschulden einlösen.“ „Die kann man auch auf ehrenvolle Art und Weise einlösen, aber nicht so herabsetzend und stinkstiefelig wie Du. Das hat mich wirklich sehr verletzt. Weißt Du, Frauen haben es gut bei mir. Sie sollen denselben Spaß mit mir im Bett haben wie ich mit ihnen. Aber Deine Flucherei hat mich nicht nur abgetörnt, sondern sehr traurig gemacht gestern.

Es verlangt ja keiner, dass Du Dich in mich verliebst oder mich wie den Mann Deiner Träume dabei anstrahlst, aber ich hatte gedacht, dass Du das Beste daraus machen möchtest.“ „Tja, dumm gelaufen“, schüttelte Anush uneinsichtig den Kopf. „Und wie geht's jetzt weiter?“ „Lass uns tanzen. Du hast mich zum Tanzen einbestellt, nicht zum Reden. Zeig mir, was Du mir beibringen wolltest. Ich bin bereit.“ „Damit ist die Sache aber nicht geklärt“, schoss sie dazwischen.

„Für mich schon, Anush. Ich verzichte auf Deinen Wetteinsatz. Du musst nichts tun, was Du nicht magst. Alles ist gut. Lass uns jetzt tanzen.“ „Gut, wie Du willst“, antwortete Anush schnippisch und nahm mich hart ran. Ich bin ein sehr guter Tänzer, doch musste mich einiger Kritik stellen in dieser Probe. Sie demonstrierte ihre Macht und forderte mich immer wieder zu Wiederholungen auf, obwohl ich die Schrittfolge längst intus hatte und sauber wiedergab. Ich ließ mir meinen Ärger darüber nicht anmerken und blieb professionell.

Hatte ich aufgegeben? Auf den Freifick verzichtet? Nun ja, ich bin ein Frauenkenner und weiß, dass bei Ladies wie Anush eine subtile Tour effektiver ist, als wenn ich auf den Fick bestanden hätte. Spannung aufbauen und abwarten, was passiert, ist der Reiz, der Frauen wie Anush lockt, wahnsinnig zu werden. Um 19:30 Uhr sah ich Anush wieder beim Abendessen, wir saßen 3 Tische voneinander entfernt und ihre Augen waren die ganze Zeit auf mich gerichtet. Ihr Blick durchdrang mich wieder. Ab ins Theater. Dort zog ich mich für Mamma Mia um und musste mich erneut der Blickbeobachtung von Anush stellen.

Ich tanzte top wie immer und die Show erntete großen Applaus. Ich zog mich um und begab mich an den Tischfußball-Tisch, wo die Gäste schon auf mich warteten und ihre Niederlagen der letzten Tage gegen einen Sieg eintauschen wollten. Ha! Doch wie immer war ich zu stark und gewann alles. Wie jeden Abend kam Anush dazu. Sie traute sich tatsächlich her zu mir, mutiges Weib. Ich spielte allein weiter und ließ sie stehen, bis ein Gast sagte: „So, jetzt Doppel. Robins gegen Gäste." Gut, da musste ich sie ranlassen. Anush betrat den Tisch und stieg mir erstmal bewusst auf meinen rechten Fuß. Das tat weh!

Das war pure Absicht gewesen! Ich zuckte und brummte ein „Ah!" heraus. Die Gäste fragten mich, was los sei. Anush schaute mich an. „Ich hab mich gestoßen", verharmloste ich die Attacke. Blödes Ding, was soll das, dachte ich. Egal. Jetzt wird gespielt. Wie jeden Abend blieben Anush und ich im Team ungeschlagen und zockten alle Gäste-Duos vom Tisch, bis es 0:30 Uhr war. Als wir allein waren, schaute ich demonstrativ auf die Uhr und drehte mich um, um zu gehen.

„Hey, was ist los?", rief mich Anush an. „Ich bin müde, ich gehe schlafen." „Was soll der Scheiß? Was ist mit unseren 6 Runden?" „Heute nicht, keine Lust", brummte ich und ließ sie stehen. Ich verschwand in mein Zimmer und grinste mir einen, da ich wusste, wie sehr ich Anush damit gereizt hatte. Schon klopfte es an meine Tür, zuerst normal, dann lauter. Ich ignorierte es und ließ die Dusche laufen. 10 Minuten lang. Als ich sie abdrehte, klopfte es wieder. Ich erneut Dusche an, diesmal zur Sicherheit 15 Minuten lang. Dabei lag ich auf dem Bett und schaute leise TV.

Als ich Wasser einsparte, war kein Klopfen mehr da. Geschafft. Jetzt schlafen. Am nächsten Tag rempelte mich Anush auf dem Weg zum Meeting fast über den Haufen. Ihr nicht vorhandenes „Sorry" war eine klare Botschaft. Im Meeting saß sie mir gegenüber, sie sah verweint und schlaflos aus. Mitgenommen und gedemütigt. Jetzt hatte ich sie, wo ich sie haben wollte! Sie war gebrochen. Der Probenplan sah mich erneut für ein Extra-Tanztraining vor. Diesmal für Dirty Dancing. Mann, ich tanze sonst doch schon alle Shows, warum auch noch die?! Ich ging Anush gut aus dem Weg, bis es 13:30 Uhr war und ich im Theater eintraf. Wütend rannte sie auf mich zu und schubste mich.

„Du Penner! Noch nie hat mich ein Kerl so behandelt!", keifte sie mich an. „Wie habe ich Dich denn behandelt?", keifte ich zurück. „Abserviert hast Du mich, stehengelassen, ignoriert. Du gibst mir das Gefühl, ich sei Dir keinen Fick wert, ich sei Dir nicht gut genug, nicht hübsch genug! Das tut weh!! Normalerweise reißen sich Männer um mich, die hecheln mit hängender Zunge hinter mir her. Du hast einen Freifick bei mir gehabt und den einfach sausen lassen! Und Du machst keinerlei Anzeichen, den einlösen zu wollen.

Du bestehst nicht einmal darauf, was Dein gutes Recht wäre!" „Moment mal", griff ich lautstark ein, „Du verdrehst die Tatsachen aber enorm, liebe Anush. Frechheit so etwas! Ich habe Dich für 1 Nacht gewonnen, fair am Kicker-Tisch, mit einer aussichtslosen Gewinnchance. Das hast Du zugegeben. Und Du – anstatt mir diese schöne, fair erspielte Nacht zu geben – behandelst mich wie den letzten Dreck und fluchst wütend vor Dich hin, so, dass ich alles hören kann, wie Scheiße das sei und wie wenig Bock Du auf mich hast. Findest Du das fair?!

Das hat nichts mit Spirit und Sportgeist zu tun!" Anush war sehr erregt und hatte einen hochroten Kopf. Schon fuhr sie fort mit ihren Beleidigungen: „Was glaubst Du, wer Du bist?! Amor persönlich, dem jede Frau verfällt?" „Tut mir leid, Anush, ich wollte Dich nicht kränken oder verletzen", lenkte ich ein, „ich finde mein Verhalten absolut fair. Ich hätte auf den Sex bestehen können, aber es macht mir keinen Spaß, wenn Du Dich so verhältst. Ich finde Dich zuckersüß, und ich spiele seitdem ich Dich kenne mit dem Gedanken, wie es ist, Dir nahe zu sein.

Dich zu küssen und Sex mit Dir zu haben. Ja, ich genoss jeden Abend, wenn wir gemeinsam kickerten, Deine Nähe und Anwesenheit. Ich weiß, dass alle Typen hier auf Dich stehen und dass Du Sex hier abgeschworen hast. Umso mehr freute ich mich, als Du die Wette mit mir eingegangen bist, was mir signalisierte, dass Du zumindest die Option, Sex mit mir zu haben, gezogen hast. Eine Wette kann nur 2 Ausgänge haben: Entweder man gewinnt, oder man verliert. Du musstest beide Varianten in das Kalkül gezogen haben. Was glaubst Du, wie glücklich ich war, als ich Dich einhändig sechsmal am Stück besiegen konnte und wusste, mein Wunsch, mit Dir 1 Nacht zu verbringen, geht nun endlich in Erfüllung.

Umso größer war dann die Enttäuschung, als Du mich so unfair behandelt hast. Was glaubst Du, wie ich mich gefühlt habe? Ich ging davon aus, dass Du zu Deinem Wort stehst und mir eine schöne Nacht mit Dir schenkst. Dann Dein seltsames Verhalten. Würdest Du gerne Sex mit einem Mann haben, der vor sich herumflucht und Dir zu verstehen gibt, dass er das gar nicht möchte mit Dir? Würdest Du?" Anush war ruhig geworden. Ich machte weiter:

„Weißt Du, ich kann hier jede Frau haben im Club. Jede. Das habe ich bisher so getan und werde es weiter so tun. Mit Dir war es etwas Besonderes. Da hat sich enorme Spannung aufgebaut, ich hatte mich so auf diese Nacht mit Dir gefreut. Ich mag Dich echt sehr gern, Anush. Ich möchte Dich nicht bestrafen oder mich an Dir rächen, ich ziehe mich aus Selbstschutz etwas zurück. Deine Beleidigungen und Verletzungen haben gesessen, darüber muss ich hinwegkommen.

Mehr möchte ich dazu nicht mehr sagen. Für mich ist das Thema beendet. Vergiss unsere Wette, ich verzichte auf die Einlösung Deines Wetteinsatzes. Du bist mir nichts mehr schuldig, Anush. Lass uns jetzt tanzen. Was erwartest Du heute von mir für Dirty Dancing?" Anush war bewegt von meiner Ansprache und schluckte tief. Ihr schien ihr Verhalten sehr leid zu tun. Ihre Körpersprache war verzweifelt, ihr Blick war traurig und reumütig. Doch mutig genug, das mir ins Gesicht zu sagen, war sie nicht. Noch nicht. Der Tanz, den ich lernen sollte, war ein sehr erotischer.

Anush spielte mir ein Video vor, dann versuchten wir die ersten Schritte. Dabei drückte sie sich sehr nah an mich heran und war auch mit ihrem Gesicht nah an meinem. Ich konnte ihren Atem spüren, ihre Augen blickten ständig tief in meine. Da wusste ich, ich habe sie! Geknackt wie eine reife Melone! Die Zeit verging im Flug und ich musste los zum nächsten Programmpunkt. Da wir nicht alles geschafft hatten, weil die erste halbe Stunde ja unser Streitgespräch stattfand, legte sie noch eine Nachtprobe mit mir um 23 Uhr fest. Ich erschien pünktlich. Anush war extrem lieb zu mir und wir setzten die Probe des Mittags fort.

Wieder drückte sich Anush ganz eng an mich und signalisierte mir ihre Lust und Bereitschaft auf mehr. Als wir einen Tanzschritt beendet hatten und uns zueinander eindrehten, traute sie sich endlich: „Du, ich möchte mich bei Dir entschuldigen. Ich wollte Dich nicht verletzen. Ich mag Dich auch sehr und es tut mir leid, dass ich mich so doof verhalten habe." „Alles gut, Anush", ging ich ihr ins Wort. „Du brauchst Dich nicht zu entschuldigen, es ist alles gesagt, Thema beendet." „Nein, für mich nicht", antwortete Anush. „Weißt Du, als ich die Wette mit Dir eingegangen bin, war ich mir des Risikos bewusst und habe die Wette trotzdem angenommen.

Ich hielt es für ausgeschlossen, dass Du 6:0 gewinnst unter diesen Umständen, aber möglich war es. Dein Sieg hat mich überrumpelt, ich hätte das nie gedacht, zumal ich mehrere Male ja fast am Gewinnen war. Und meinen eigenen Schwur zu brechen, das fällt mir nicht leicht. Das ist mein eigentliches Problem. Ich halte mich nämlich immer an meine Regeln. Und die müsste ich brechen. Es ist mein Problem, nicht Deines. Ich habe leider meinen Zorn an Dir ausgelassen, weil ich mit mir nicht klarkam. Dafür möchte ich mich entschuldigen."

„Ist angekommen", dankte ich ihr und nahm sie in den Arm. „Alles wieder gut?", fragte sie mich. „Ja", antwortete ich. „Schluss für heute, lass uns kickern", schlug sie vor, „die Gäste warten sicher schon." In der Tat kickerten die schon wie blöd und hießen uns Champions herzlichst willkommen am Meistertisch. Im Doppel zerstörten wir alle Herausforderer, bis es 0:45 Uhr war. „Hast Du Lust auf unser Duell?", fragte mich Anush. „Gerne", grinste ich.

Nach meinem obligatorischen 6:0-Satz-Sieg drückte ich ihr ein Bussi auf die Wange: „Gute Nacht, Anush." Als ich gehen wollte, hielt sie mich am Arm fest: „Wenn Du magst, kannst Du Dir jetzt Deinen Wettgewinn holen." „Welchen Wettgewinn?", stellte ich mich dumm. „Wir haben heute um nichts gespielt." „Den Wettgewinn, der Dir noch zusteht", lächelte mich Anush verführerisch an. „Danke, das ist sehr lieb von Dir, aber ich möchte nicht, dass Du etwas tust, was Du nicht möchtest." „Wer sagt, dass ich es nicht möchte? Wie gesagt: Mein Verhalten hatte mit mir zu tun.

Ich stehe dazu: Das halbe Jahr, wo ich hier sein werde, werde ich keinen Sex mit irgendeinem Typen haben. Eine Frau kann selbst Hand oder Vibrator anlegen. Du darfst meine goldene Ausnahme sein." „Danke, echt lieb von Dir, aber ich möchte nicht, dass Du es tust, nur um Deine Wettschulden einzulösen. Die existieren nicht mehr." „Ich tue es, weil ich es möchte!" Dieser Satz überzeugte mich. „Vertraue mir, ich werde Dir eine wunderschöne Nacht schenken. Wir beide werden heute Nacht zusammen genießen." „Na gut", ließ ich mich zum zweiten Mal von Anush abschleppen. Im Zimmer angekommen, verschwand sie im Badezimmer, um sich frisch zu machen.

Ich setzte mich aufs Bett und wartete. Zum Glück hatte ich am Folgetag frei, konnte also ausschlafen. Anush hatte – wie ich kurz darauf von ihr erfuhr – auch frei, was sie wohl extra so eingerichtet hatte, da normalerweise Freitag ihr freier Tag war. Sie hatte es also geplant. Luder!! Als Anush in BH und String aus dem Bad kam, stockte mir der Atem. Zum ersten Mal sah ich mehr von ihr als bisher.

Anush zeigte sich sonst auch sehr sexy, ich sah sie oft in der Umkleide. Sie hatte ihre Haare zum Schwanz zusammengebunden und kniete sich aufs Bett. Dann zog sie sich ihren Möpsenhalter aus und hielt mir ihre Bilderbuch-schönen Titten vor die Nase. Dann küsste sie mich. In meiner Hose war längst ein Steifer. Doch der musste warten. Ich hatte auch geschwitzt den Abend und wollte mich frisch duschen, also unterbrach ich den Kuss für 5 Minuten Badezimmer. Zurück kam ich mit nassen Haaren und einem Handtuch bekleidet, das Anush wegriss und mich aufs Bett schubste.

Die Tigerin war jetzt soweit, ihre Wettschulden einzulösen. Sie gehörte mir, 1 Nacht lang! Und statt Fluchereien und Beschimpfungen gab es diesmal Zärtlichkeit und Liebe. Sie küsste mich sinnlich auf die Lips und wanderte tiefer, bis sie nach 5 Minuten meinen Penis im Mund hatte. Blowjobs hatte ich zu diesem Zeitpunkt meines Lebens schon von über 500 Frauen bekommen, aber was Anush mit mir anstellte, ließ mich neue Dimensionen der Lebenslust erschließen. Im String kniete sie vor mir und befriedigte meine Lanze plus Bälle nach allen Regeln ihrer Kunst. Ihr Mund war so warm und feucht, ihre Lippen so rot, ihre Hände so süß, zärtlich und gleichzeitig griffstark.

Schon bald spürte ich mein Erdbeben kommen. „Warte, sonst komme ich", warnte ich sie, doch Anush wollte genau das. Genial blies sie weiter, bis ich ihr Ladung für Ladung einschoss. Ich sah Vögel an der Decke, die nicht da waren. Anush lutschte so lange weiter, bis ich erschöpft zusammensank und nur noch gekrault werden wollte. Das tat sie dann auch. Ich atmete tief durch und küsste Anush. „Das war wunderschön, noch schöner als in meinen kühnsten Träumen." Sie lächelte und freute sich.

Während Anush auf meiner Brust kuschelte, streichelte ich ihren Rücken und Po, der formschön und trainiert war. Tänzerin halt. Von hinten rutschten meine Finger immer weiter Richtung Spalt und Schamlippen, bis ich diese endlich berührte. Anush stöhnte auf und schloss ihre Augen. Ich befreite mich aus der Umklammerung und küsste sie nun ebenso den Oberkörper hinab. Ihre Brüste waren ein Traum, ihre Brustwarzen härter als Metall. Nun kam ich zum kleinen Stofffetzen, der ihren Heiligen Gral bedeckte. Ich zog ihn mit meinen Zähnen weg und blickte auf eine blitzeblanke Muschi.

Mit deutlich sichtbarem Kitzler. Kein einziges Haar hatte sich hierher verirrt, und es roch so gut da unten! Nach Küssen auf Schamlippe 1 und Schamlippe 2 leckte ich ihre Stecknadel. Anush atmete laut wie eine Lok und drückte meinen Kopf in ihren Schoß. Ich leckte sie als Lecker und bescherte ihr 3 heftige Orgasmen nacheinander. „Und, war das jetzt so schlimm mit mir?", zwinkerte ich ihr zu. „Nein, im Gegenteil, es war und ist wunderschön mit Dir", strahlte mich Anush an, „daran könnte ich mich gewöhnen."

Nachdem wir etwa 20 Minuten unsere Nähe Arm in Arm genossen hatten, spürte ich Anushs Hand wieder an meinem Dong. Sie knetete ihn. Schnell war er steif. „Magst Du jetzt mit mir schlafen?", hauchte sie mir ins Ohr. „Nur, wenn Du das wirklich willst." „Ja, sehr gerne", küsste Anush mich, aber ein Kondom hatte sie nicht. Aber ich! In weiser Vorahnung hatte ich 3 eingepackt. Sehr zärtlich drang ich von oben in sie ein und füllte sie mit meinen 15 cm aus. Sie fühlte sich fantastisch an! Ihre Haare waren offen und bedeckten das Kissen. Ich schaltete einen Gang hoch und begann zu ficken. Anush liebte es und zog mich eng zu sich hinab.

Ich schenkte ihr mittelharte Stöße und genoss den Fick mit ihr sehr. Dabei küssten wir uns. Es war so schön, dass wir jeglichen Stellungswechsel vergaßen. Immer weiter und weiter, bis ich kam. Mein Orgasmus war besser als jeder 6:0-Satz-Sieg gegen sie. Ich kam ultraheftig und dankte Anush für diese wunderschöne Erfahrung. Sie küsste mich und kuschelte sich fest an mich. So schliefen wir ein. Wach wurde ich am nächsten Tag um 9 Uhr, als ich etwas Warmes an meinem Penis spürte.

Es war Anushs Mund, der meinen Helden steif geküsst hatte und ihn nun am Verwöhnen war. Sofortigst war ich bereit! Wie in der Nacht wollte sie mir zuerst einen blasen und mich so zum Orgasmus bringen. Als sie mit einem Daumen-Zeigefinger-Kreis wichste und mit ihrer Zunge meine Eichel umkreiste, da schoss es aus mir heraus und verteilte sich in ihrem ganzen Gesicht. Das störte Anush überhaupt nicht, genauso wollte sie es haben. Spermaüberflutet lächelte sie mich an und ging sich sauber machen plus Zähneputzen. Mir reichte ein Mentos.

Dann schlürfte ich Anushs Pussy. Ich genoss es, diese perfekte Scheide zu lecken und Anush ordentlich zu verwöhnen. Sie kam wieder dreimal und war glücklich. Nach kurzer Pause fragte sie mich, ob ich noch Gummis dabei hätte. „Ja", nickte ich. „Super, dann möchte ich Dich reiten, wenn ich darf." „Du darfst!" Genüsslich schnallte Anush mir den roten Umhang über und nahm zierlichst auf mir Platz. Ihr Körper war so wunderschön, ihre Pussy pulsierte wie ihr Herzschlag, schnell und lebensbejahend. Langsam fing sie an und ritt immer schneller, bis sie in Ekstase verfiel.

Mein Penis war zu sehen, war nicht zu sehen, war zu sehen, war nicht zu sehen, war zu sehen, war nicht zu sehen. Ganz schnell ging das. Ich genoss ihren Wahnsinnsritt und gab schließlich mein Sperma ins Gummi ab. Anush ritt einfach weiter, bis sie 30 Sekunden nach mir laut aufstöhnte und zuckte. „Ich bereue nicht, dass ich unsere Wette verloren habe", flüsterte sie mir ins Ohr. „Ich genieße es!" „Ich auch", küsste ich sie auf die Lippen und drückte sie fest an mich. Wir entschlossen uns, im Bett zu bleiben und unseren One Night Stand so lange wie möglich auszukosten.

Als wir mittags wach wurden, fickten wir erneut. Diesmal Löffelchen und Doggy. Beides war echt klasse! Ich kam als Hund von hinten. Am Nachmittag fuhren wir in die Stadt und aßen zu Abend. Das Date war romantisch. Anush war ein grandioser Fick und die Warterei hatte sich gelohnt. Am Abend bediente sie mich mit einer erotischen Massage mit Happy End in ihren Mund. Ich revanchierte mich mit einer ebenso erotischen Massage mit Happy Ends durch meinen Mund.

Am nächsten Tag mussten wir arbeiten. Nach der Show trafen wir uns zum Kickern. Wir zockten die Gäste ab, dann ich sie. Anush wollte mich erneut abschleppen, doch ich erklärte ihr, dass wir es bei dieser einen, abgemachten Sache belassen sollten. So geil der Sex mit ihr war, war mir bereits eine andere Frau aufgefallen: Tina (21), die mit mir Volleyball spielte. Sie stand auf mich, war bildhübsch und unkomplizierter als Anush. Anush war traurig, doch mein Entschluss stand fest. Wir beließen es bei der Einlösung ihrer Wettschulden und blieben Freunde. Am Abend darauf fickte ich bereits Tina. Zurück in die Gegenwart: Ein weiteres Duell der tischigen Fußballform stand an. Ich erwartete einen harten Fight.

Doch Mariella hielt nicht, was sie versprach: Sie konnte nur mittelmäßig spielen. Schon nach 10 Sekunden war mir klar, dass ich sie locker besiegen würde. 10:0 hätte ich es ausgehen lassen können, doch ich bin ja Gentleman und hielt mein Können geschickt zurück. Ich machte es spannend und ausgeglichen. Schließlich beendete ich das Trauerspiel mit 10:7 Toren. So schlecht hatte ich noch nie gekickert, allerdings habe ich ja auch nicht richtig gezockt.

Fest stand: Ich hatte Mariella besiegt und sie somit erspielt! „Du hast gewonnen, herzlichen Glückwunsch! Somit gehöre ich Dir, zumindest für 1 One Night Stand. Alles Weitere wird sich danach zeigen." Yes!! Ich hatte meine blonde Traumfrau im Sack. Da sie allein wohnte, lud sie mich zu sich ein. Mariella lebte in einer netten 3-Zimmer-Wohnung plus Garten. Es war ein Samstag. Andrea und die Kids waren beim Fußball – John Paul spielt ja erfolgreich im Verein. Ich entschuldigte mich mit einem „Business-Termin". War es ja auch: Business as usual.

Und ein erspielter Fick ist ja auch Business. Also alles gut. Als sich Mariella vor mir entkleidete, stockte mir der Atem: So viel Schönheit in und an nur einem Körper war der Wahnsinn! Gott persönlich hatte sie erschaffen, nach seinem Vorbild. Vor mir stand eine nackte 25-Jährige, die ich nun nehmen durfte. Ich nahm sie. Zuerst küsste ich Mariella, während sie mich auszog. Mein steifer Dong drückte gegen ihr Bauchnabel-Piercing. Sie hatte perfekte Brüste und eine Muschi, die mich verrückt machte. Ihr kleiner Haarteppich in Form eines langen, dünnen Striches hin zur Klitoris ließ mich wallen.

Ich trug die Blondine auf ihr Bett und startete das Liebesspiel. Mir war klar: Je besser ich war, desto mehr Chancen hatte ich auf eine Fortsetzung dieser Szenerie. Ich gab mir also größte Mühe: Leidenschaftlich und zärtlich kümmerte ich mich um Mariella und schenkte ihr so – mündlich – ihren ersten Orgasmus des Abends. Ihre weibliche Ejakulation kam unerwartet. Nicht ganz mein Ding. Dann fickte ich sie. Mariella wollte hart genommen werden. Ficken soll ja Spaß machen, aber sie wollte fast schon vergewaltigt werden. Ich musste mir größte Mühe geben, ihre geforderte Härte liefern zu können. Da ich ein eher sanfter, aber leidenschaftlicher im Sinne von sinnlicher Liebhaber bin, fällt es mir nicht leicht, zarte Frauenkörper derart hart zu bedienen.

Aber Mariella wollte es so. Sie stand auf wilden, animalischen Sex. Tiefe Stöße sollten es sein, harte Stöße sollten es sein, schnelle Stöße sollten es sein. Klapse, fast schon Hiebe auf den Hintern forderte sie ein. Als sie auf mir ritt, drückte sie mir voll den Hals zu. Ich bekam wenig Luft und lebte am Abgrund. Mariella ritt brutal intensiv.

Ich wusste nicht mehr, ob das noch Lust oder schon Schmerz ist. Mein Becken krachte, mein Penis wurde vergewaltigt. Sie erlebte beim Ficken einen weiteren Höhepunkt, es wurde wieder nass. Ich kam kurz danach. Eine Erlösung sondergleichen stellte sich bei mir ein. Zum einen, dass es vorbei war, zum anderen, weil mein Orgasmus äußerst intensiv war. Kurz darauf war das Tier wieder die liebe Mariella. Das Teufelsweib war verschwunden. „Muss schon sagen, das war nicht ohne", stöhnte ich. „Ja, ich habe Sex gerne wild, raw und dirty. Full power. Hast Dich gut geschlagen, Großer." Mariella küsste mich. Ich erholte mich.

Sie saß immer noch auf mir und blickte mich an. Sie war so verdammt schön. Beide Brüste standen wie eine Eins, ihr Bauch war jede Sünde wert, ihre Pussy schöner als die von Lady D. Mariella hockte immer noch auf mir, mein Schwanz steckte in ihrer warmen Möse. Mariella begutachtete mich: „Du bist schon ein Süßer. Daran könnte ich mich gewöhnen. Wie lange hast Du noch Zeit heute?" „Noch 2 Stunden, dann muss ich los." „Dann ficken wir gleich nochmal." „Gib mir aber bitte kurz Zeit zum Erholen." Mariella kicherte und stieg von mir ab.

Sie legte sich zu mir. Ich genoss ihre Nähe sehr. Nach einer halben Stunde Break musste ich nochmal ran. Wieder dieselbe Reihenfolge: Ich leckte Mariella geil. Das machte mich geil. Wir fickten. Wie Kaninchen trieben wir es gnadenlos heftig. Es war eine Mischung aus Leistungssport, Sadomaso, Leidenschaft, Gewalt und purer Lust. Mariella liebte es, wie eine räudige Hündin genommen zu werden. Aber sie konnte auch austeilen: Plötzlich beschimpfte sie mich lustvoll und klatschte mir Ohrfeigen ins Gesicht.

Ich ließ es zu, konnte mich nicht wehren. Trotzdem kam ich irgendwann, während sie wüst auf mir ritt. Warum konnte und wollte diese bildhübsche Frau nicht normaleren Sex haben? Warum musste sie auf Terminatorin machen? Ich ging als ein gebrochener Mann. Per WhatsApp blieben wir in Kontakt. Mariella stellte mir weiteren Sex in Aussicht. Das gefiel mir, machte mir jedoch auch Angst. Seltenst lief es so anders als von mir gewünscht. Aber Mariella war einfach zu schön, um sie aufzugeben.

Beim nächsten Rocker dominierte sie mich wieder auf die harte Tour. Ich sie aber auch. Mariella wollte ganz schön wund genagelt werden. Auf Kuschelsex stand sie nicht, sagte sie: „Blümchensex ist etwas für Weichlinge und Hampelmänner, für Bubis. Männer machen es wie Männer." Ich bin mit 45 nicht mehr der Jüngste für derartig ausgefallenen Fitness-Sexsport. Trotzdem befriedigte ich sie nach ihren Wünschen und kam selbst wieder zu 2 krassen Spermaausschüttungen. Blasen interessierte Mariella nicht. Wichsen leider auch nicht. Sie wollte nur scharf geleckt werden und dann ficken, gefickt werden, ficken und gefickt werden. Ich fickte sie und wurde gefickt. Heftig. Brutal. An der Grenze der Legalität.

Als „geile Sau" lasse ich mich ja noch bezeichnen, aber als „Dreckschwein" ungern. Mariella hatte noch weitere krasse Ausdrücke in ihrem Talk drauf, die ich hier lieber nicht bringe, sonst müsste ich sie zensieren. Sie fand's toll, ich nicht. Manchmal frage ich mich, was bei manchen Frauen schiefgelaufen ist, warum sie so geworden sind, so anders, so pervers? Mariella war optisch die perfekte Frau – warum konnte sie nicht auch im Bett die perfekte Frau sein?

Bei unserem dritten Sex-Date ging Mariella zu weit. Sie verband mir die Augen und holte die Peitsche raus. Da musste ich sie zügeln, denn wie sollte ich die Hautschäden meiner Andrea erklären?! Trotzdem war der Rest knallhart und Mariella-typisch. Beim vierten Mal versuchte ich es nochmal mit einer kuscheligeren Nummer, doch Mariella meckerte und meinte, ich hätte wohl Stroh zum Frühstück gefressen. Ich weiß, dass sie ihre derben Sprüche nicht so meinte, doch manchmal kamen sie ziemlich beleidigend rüber.

Ich schluckte, da sie nicht schluckte. Zu gerne wäre ich mal in ihren Mund gekommen. Nicht mal Betteln half. Ich fand mich ab und fickte sie stattdessen kräftigst weiter. Doch langsam schimmerte mir, dass sie mich nicht glücklich machen könne. So hübsch sie auch war, ihr Stil im Bett war nicht meiner. So gerne ich auch in ihr steckte, so ungern ertrug ich die gewaltigen Szenen und Momente, die sie produzierte und anstiftete. Manchmal liebe ich es ja, die eine oder andere Frau mal härter zu nehmen. Einige brauchen das.

Bei einigen will ich das auch so. Das ist dann eine schöne Abwechslung zum liebevollen Blümchensex, den ich mit meiner Gattin habe. Zärtlich, respektvoll, achtsam. Aber nur heftiges Genagle kombiniert mit Sex-Talk der übleren Sorte war und ist mir grundsätzlich zu wenig. Zu oberflächlich. Zu stupide. Daher war klar: Ich musste das mit Mariella beenden. Ich kündigte ihr unser Aus an, sie fand es überaus schade, aber dennoch akzeptabel. Trotzdem musste für mich eine bleibende Erinnerung her: Ich nahm meine beste Spy Cam mit. Diese filmte unser letztes Abenteuer. Sie filmte, wie ich Mariellas zauberhafte Pussy leckte, diesmal zu 2 Orgasmen, dann, wie Mariella mich brutal und lautstark ritt, im Heavy-Metal-Stil.

Im Anschluss knallte ich ihren süßen Po rot und wund, bis ich erschöpft und schweißgebadet kam. Da ich meinen Samenerguss sehen wollte, riss ich mir das Kondom schnell runter und wichste auf ihren Arsch. In der zweiten Runde missionierte ich sie, indem ich etwa 2000 ganz schnelle Liegestütze hintereinander machte, und das in 10 Minuten. Dann war ich platt und Mariella durfte wieder auf mich rauf. Sie ritt wild. Geil, aber gefährlich. „Ich wünsche mir, dass Du es mir diesmal mit Hand und Mund zu Ende machst. Nur dieses eine Mal. Bitte.“

Nach meinem vierten Flehen gab Mariella schließlich nach. Mein knallroter Dong bekam nun einen Blowjob. Seinen einzigen von Mariella. Sie blies langsam und lutschig, bis ich zu zucken begann. Mariella ließ alles heraus spritzen und staunte über die Menge und Dynamik meiner Ladung. Dieses Blowjob-Handjob-Finish gehört bis heute zu den besten Aufnahmen, die mir hold sind. Es dokumentiert die unfassbare Schönheit dieser geheimnisvollen, aber schrägen 25-Jährigen und meinen krönenden Abschluss dieses krassen Abenteuers.

Die Sandkastenfreundin

Wir reisen zurück. Ich war Student und frei. Poppte mich durch sämtliche Betten und Muschis. Bis auf eine: Lottis. Lotti kannte ich seit meiner Kindheit, wir waren Sandkastenfreunde. Ja, wir gingen Hand in Hand zur Schule, spielten viel zusammen, halfen uns, trösteten uns. Sie wurde über die Jahre zum heißen Girlie, ich zum Playboy. Sie tickte wie ich: Sie nahm sich all die Jungs, auf die sie Bock hatte. Liebe war ihr nicht so wichtig, eher Spaß und Sex. Mit 15 verliebte sie sich zum ersten Mal richtig, ich musste sie aber trösten, weil er ein dummes Arschloch war.

Sie verliebte sich zum zweiten Mal richtig, ich musste sie trösten, weil er ein Arschloch war. Sie verliebte sich zum dritten Mal richtig, ich musste sie wieder trösten, weil er ein blödes Arschloch war. Es war nicht leicht damals, aber so ist die Jugendzeit nun mal. Lotti und I hatten keine Geheimnisse voreinander, hatten als Kinder Onkel Doktor und seine Krankenschwester gespielt. Mit 19 trennten sich unsere Wege: Lotti zog nach Augsburg. Dort studierte sie.

Wir blieben in Kontakt, telefonierten viel, schrieben uns SMS, sahen uns alle 3 Monate, wenn sie ihre Eltern besuchen kam. Aus Lotti war eine wunderschöne, junge Frau geworden. Sie sah aus wie die junge Lita. Rotschwarzhaarig, frecher Gesichtsausdruck, Hammerfigur, tätowiert und zog sich sehr reizvoll an. Fast etwas strichmäßig, aber nicht schlimm. Wir plauderten offen über unsere Affären. Sie zeigte oder schickte mir regelmäßig Fotos von ihren aktuellen Stechern, doch eine richtige Beziehung über mehrere Monate oder länger schaffte die liebe Lotti nie.

Es waren einfach Männer für eine Nacht und fürs Wochenende oder für mehrere Nächte und Wochenenden. Nichts wirklich Gescheites dabei. Mit 21 musste Lotti locker schon mit 100+ Typen geschlafen haben. Da konnte ich gut mithalten. Bei mir waren es zu diesem Zeitpunkt schon weit über 250 Frauen. Ja, ich war überaus aktiv in meinen damals besten Jahren. Lotti wusste das und fand´s gut.

Eines frühen Abends klingelte es an meiner WG-Tür. Ich war allein, da meine Mitbewohner nicht da waren. Es war die Lotti. Heulend stand sie vor mir und wollte umarmt werden. Tat ich. Ich holte sie rein. „Was ist denn los, Lotti?", fragte ich sie und drückte ihr ein dunkles, kraftspendendes Brausegetränk in die Hand. „Mir geht's nicht gut, ich hatte einen schweren Unfall", stöhnte sie. „Mir tut alles weh." Lotti erzählte mir, dass sie einen heftigen Sturz mit dem Motorrad erlitten hatte. „Ich war zu schnell in der Kurve unterwegs, da hat's mich böse geschmissen. Schau doch mal."

Lotti stand auf und begann sich zu entkleiden. So weit, bis sie nur noch in Unterwäsche vor mir stand. Da wurde mir klar, was für einen geilen Körper meine Lotti doch bekommen hatte. Sie war zur Frau geworden. Sexy! Sexy waren ihre ganzen blauen Flecke, Schürfwunden und die Hautrisse allerdings nicht. „Oh Mann, das sieht schlimm aus", kommentierte ich erschrocken, während sie sich als Ballerina für mich mehrfach im Kreis drehte. „Warst Du bei einem Arzt?" „Nein, ich hoffe, das wird wieder." „Leidest Du an starken Schmerzen?"

„Ja, ich bekomme wenig Luft und alles tut weh, als sei ich gebrochen." „Hoffentlich ist nichts gebrochen, das solltest Du auf jeden Fall abklären lassen. Komm, wir fahren ins Krankenhaus, in die Notaufnahme." Wiederwillig kam sie mit. Lotti wusste aber, dass es richtig und sinnvoll war. Nach 2 Stunden Wartezeit kam sie dran. Es dauerte wieder 2 Stunden, bis Lotti fertig war. Röntgen, auch MRT wurde gemacht, zahlreiche ärztliche Untersuchungen waren rasch durchgeführt worden. „Gott sei Dank nichts gebrochen", strahlte sie, „aber einige Prellungen und Quetschungen, und natürlich die Schürfwunden.

Ich soll Schmerztabletten nehmen und gut salben, mich schonen." Ich umarmte die Maus und fuhr sie nach Hause. Zu mir. „Darf ich heute bei Dir schlafen? Es ist schon spät, meine Eltern schlafen schon, da möchte ich nicht stören. Sie wissen nichts vom Unfall. Ich muss überlegen, wie ich es ihnen beibringe." „Klar. Aber ich habe nur ein Bett hier in meinem WG-Zimmer, das weißt Du." „Ja, ich mache mich auch ganz dünn." Wir plauderten noch ein wenig, dann war es Zeit für den erholsamen Schlaf.

Mittlerweile waren meine WG-Partner wieder zurück von ihren Aufgaben. Auch sie gingen schlafen. „Ich lege mich auf den Boden, Dir gehört das Bett", bot ich Lotti freundschaftlich an. „Quatsch, Du kommst auch ins Bett." „Nein, alles gut", bereitete ich mir mein provisorisches Bett auf dem Boden vor. „Ich möchte nicht, dass in der Nacht ich mit irgendeiner Bewegung Dich versehentlich verletze, Dein Körper braucht Ruhe und Sicherheit." „Du bist süß", küsste Lotti mich auf den Mund. Das war nichts Neues für mich, sie küsste mich öfter auf den Mund. Taten wir schon als Kind. Es war nie etwas Sexuelles dabei. Es war etwas sehr Freundschaftliches und Vertrautes.

Ich schaltete das Licht ab. Es war dunkel. Es war ruhig. Minuten vergingen. Ich war am Einschlafen. „Du?", hörte ich Lottis Stimme. „Ja", antwortete ich schon schlaftrunken. „Stört es Dich, wenn ich es mir noch kurz selbst mache? Das ist mein übliches Zubettgeh-Ritual. Dauert nicht lang. Ich bin auch ganz leise dabei." „Kein Problem, Lotti, mach ruhig, fühl Dich wie zu Hause." „Danke, Du bist der Beste." Ich hörte Gekruschel, dann ein leises Surren. Es musste ein Vibrator sein. Zu dem leisen Surren gesellte sich ein leises Stöhnen. Es war Lottis Stimme, die ich hörte.

Das Geräusch wurde minimal lauter. Ich wurde wacher. Und sexuell angespannt, masturbierte hier schließlich eine junge, hübsche Frau im Dunkeln neben mir. Geil! Nach gerade mal 3 oder 4 Minuten erlebte das Atmen seinen Höhepunkt in Intensität und Lautstärke. Daraufhin wurde das Surren leiser, bis es verschwand. Lotti atmete tief ein und aus. „So, fertig", flüsterte sie. „Danke für Dein Verständnis. Gute Nacht." „Gute Nacht." An eine gute Nacht war allerdings überhaupt nicht mehr zu denken, sondern eher an eine wache Nacht.

Ich konnte nicht schlafen, da ich einen Dauerständer bekommen hatte. Ich zählte Schäfchen, machte Selbsthypnose, redete mir Schlaf ein, doch alles umsonst. Nichts half. Es gab nur eine Lösung: Ich musste es beenden. Ich musste diese Erektion zum Teufel schicken. Mit aller Entschlossenheit ergriff ich meinen Knüppel und begann, ganz leise zu wichsen. Dieser Druck musste raus. Sofort! Ich wichste schneller und wollte es schnell beenden, um nicht aufzufallen, aber ich war aufgefallen.

„Hey, was machst Du da? Was sind das für Geräusche?", fragte Lotti. Ich hatte keine Ausflucht mehr. „Ich mache dasselbe wie Du gerade", gestand ich flüsternd. „Ach so, ist das auch Dein Einschlaf-Ritual?" „Ja, tut gut. Dann ist der Druck weg und ich kann gut schlafen. Wollte Dich nicht stören, dachte, ich mache es ganz leise, dann bekommst Du es nicht groß mit." „Alles gut. Mach es zu Ende, es stört mich nicht. Gleiches Recht für alle." „Danke", dankbarte ich. Ich machte es mir zu Ende. Ich musste mein Stöhnen unterdrücken, denn meine Adern waren mächtig geschwollen und mein Tricky Dicky zuckte ordentlich in meiner linken Hand ab. Den Samen fing ich blinderweise mit einem Stück Küchenrolle ab.

„So, fertig", keuchte ich und wünschte ihr erneut „Gute Nacht". Dann schliefen wir ein. Am nächsten Morgen musste ich zur Uni, Lotti durfte ausschlafen und ging dann zur ihren Eltern. Vater war Arbeiter, Mutter Nutznießerin. Als ich am Nachmittag nach Hause kam, stand Lotti vor meiner Tür. In Tränen. „Was ist los?", drückte ich Lotti vorsichtig. „Ich habe furchtbar mit meinen Eltern gestritten. Sie schimpften böse über meinen Motorradunfall und wie unvorsichtig ich sei. Als Vater sich nicht mehr beruhigen konnte, bin ich raus. Darf ich heute wieder bei Dir pennen?"

„Na klar", tröstete ich sie. Wir gingen rein. „Wie geht´s Dir? Was machen die Schmerzen?" „Schau", zog sie sich erneut aus. Bis auf ihre Unterwäsche. „Die blauen Flecken sind noch blauer geworden." In der Tat. Die arme Unglücksmaus. „Sogar mein Busen wird blau." Hierbei zog sie sich ihren BH aus, ich sah ihre weiblichen Titten. Wunderschön waren die, doch etwas bläulich links. Mein Blick aber blieb an der Form, der Größe und den leckeren Nippeln.

„Mir tut alles so weh, ich bin so traurig", schluchzte sie wieder los. „Leg Dich hin, Kleine", bot ich Lotti mein Bett an, „ich streichle Dir vorsichtig die Schmerzen weg. Das wird Dir gut tun." Sie gehorchte. Lotti legte sich bäuchlings vorsichtig auf mein Bett und ließ los. Ich holte gute Creme und begann bei ihren Beinen. „Zuerst eine Fußmassage." Lotti hatte schöne Füße. Keine wegstehenden Knochen oder Knorpelschäden. Kein Hallux. Meine Fußmassage tat ihr gut.

Lotti stöhnte leise, so wie letzte Nacht. Dann cremte und streichelte ich weiter hoch. Ihre Waden und ihre Unterschenkel hinten, dann ihre Oberschenkel hinten. Bei den blauen Stellen und Hautabschürfungen passte ich entsprechend auf. Ihr Po lachte mich an, denn sie trug ein Höschen in Tangaform. Schwarz war es. Wunderschöne Pobacken sah ich. Wow! Ich blieb lässig und streichelte ihre Beine lang aus. Lotti knurrte und genoss es. Ich traute mich auch, ihre Pobacken zu streicheln. Ließ sie sofort zu. Ja, unter Freunden geht das. Nun war ihr Rücken dran. Der hatte einiges abbekommen. Umso zärtlicher und vorsichtiger arbeitete ich.

„Aua", rief sie hin und wieder mal. Ich passte an. Sonst schnurrte Lotti wie Schmidts Katze. Ihr Rücken war ein zauberhafter. Auch ihrem verspannten Nacken widmete ich mich ausführlich. Etwa 1 Stunde massierte und streichelte ich die lädierte Lotti mit ganz viel Zärtlichkeit und Liebe. Sie dankte mir mit einem Kuss auf my mouth. „Komm, ich lade Dich zum Essen ein", schlug ich vor. Lotti zog sich an und ich führte sie zum Italiener „Nico" aus. Wir unterhielten uns prima und speisten köstlich. Lotti zeigte mir ihren letzten Stecher, David, ich ihr meine letzte Errungenschaft, Agnes.

Zurück bei mir schlug ich einen DVD-Abend vor. Wir zogen uns den neuen Bond 007 rein, der ging bis spät. Lotti lag dabei in meinem Arm, ich kraulte ihren Kopf und ihren Nacken. Sie schnurrte. Zeit fürs Bett. Ich wollte wieder auf dem Boden schlafen, aber Lotti bestand darauf, dass ich ebenso im Bett liegen sollte. Gerne. Mein 1,40 m breites Bett hatte dafür Platz genug. Nach dem mündlichen Gute-Nacht-Kuss und 3 vergangenen Minuten hörte ich:

„Du?" „Ja." „Stört es Dich, wenn ich es mir noch kurz selbst mache? Ist ja mein Zubettgeh-Ritual. Dauert nicht lange. Ich bin auch ganz leise dabei, versprochen." „Kein Problem, Lotti, mach ruhig, fühl Dich wie zu Hause. Ich bin einfach nicht da." „Danke, Du bist der Beste." Ich hörte Gekruschel neben mir, dann ein leises Surren. Es war definitiv ein Vibrator! Ich sah ihn nicht, hörte ihn aber lauter als nachts zuvor. Zum Surren gesellte sich ein leises Stöhnen. Es war Lottis Stimme, die ich hörte, das war klar.

Das Stöhnen war lauter als nachts zuvor, ich lag ja auch näher an Lotti dran. Eigentlich ganz nah an ihr. Direkt neben ihr. Das Geräusch wurde lauter. Ich wurde wacher. Und sexuell angespannt, masturbierte hier schließlich eine junge, hübsche Frau halbnackt im Dunkeln im Bett neben mir. Geil! Nach 4 oder 5 Minuten erlebte das Atmen seinen Höhepunkt in Intensität und Lautstärke. Lotti kam, direkt neben mir. Das Bett wackelte etwas, ich spürte alles an meinem Körper. Daraufhin wurde das Surren leiser, bis es verschwand. Lotti atmete tief ein und aus. Sie war direkt neben mir. „So, fertig", flüsterte sie. „Danke für Dein Verständnis. Gute Nacht."

„Gute Nacht." An eine gute Nacht war auch heute nicht mehr zu denken, sondern an eine wache Nacht. Ich konnte nicht schlafen, da ich erneut einen Dauerständer bekommen hatte. Ich zählte Schäfchen, machte Selbsthypnose, redete mir Schlaf ein, doch alles umsonst. Nichts half. Es gab nur eine Lösung: Ich musste es beenden. Ich musste diese Erektion zum Teufel schicken. Mit aller Entschlossenheit ergriff ich meinen Knüppel und begann, ganz leise zu wichsen. Dieser Druck musste raus. Sofort! Ich wichste ganz leise schneller und wollte es rasch beenden, um nicht aufzufallen, aber ich war aufgefallen.

„Hey, was machst Du da? Was sind das für Bewegungen?", fragte Lotti mir zugewandt. Ich hatte keinerlei Ausflucht. „Ich mache dasselbe wie Du vorhin", gestand ich leise. „Ach so, stimmt, ist ja auch Dein Einschlaf-Ritual." „Ja, tut gut. Dann ist der Druck weg und ich kann besser schlafen. Wollte Dich nicht stören, dachte, ich mache es leise, dann bekommst Du es nicht mit." „Alles gut. Mach zu Ende, es stört mich nicht. Gleiches Recht für alle."

„Danke", dankbarte ich. Ich machte es mir zu Ende. Ich musste mein Stöhnen sehr unterdrücken, denn meine Adern waren mächtig geschwollen und mein Tricky Dicky zuckte ordentlich in meiner linken Hand. Den Samen fing ich blinderweise mit einem Feuchttuch ab, das ich aus der Nachttischschublade genommen hatte. Ich schnaufte aus. „Puh, fertig", keuchte ich und wünsche Lotti erneut „Gute Nacht". Sie küsste mich. „Gute Nacht." Dann schliefen wir ein. Am nächsten Tag passierte dasselbe. Ich musste zur Uni.

Lotti schlief aus und versuchte es nochmal bei ihren Eltern. Mit ihrer Mutti klappte alles gut, aber ihr Vater war immer noch äußerst angefressen, den wollte sie nicht sehen, also machte Lotti rechtzeitig die Biege. Gegen 17 Uhr stand sie wieder vor meiner Tür, als ich nach Hause kam. Ich nahm sie rein. Streichelte und massierte ihr so ausführlich und zärtlich wie tags zuvor ihre lästigen Schmerzen weg. Ihre türkis-blauen Flecke waren abermals schlimmer und türkis-blauer geworden. Laut jenen Ärzten ganz normal, aber trotzdem unschön und sehr schmerzhaft.

Lotti genoss meine Massage. Ich ertappte mich dabei, zum ersten Mal deutlich sexuelle Wünsche in meinem Kopf in Bezug auf Lotti vorzufinden. Wie wäre es, wenn …? Aber das konnte ich unmöglich bringen. Unsere intensive, innige Freundschaft riskieren … ihre Schutzlosigkeit und Verletzlichkeit derart schamlos ausnutzen … NEIN, reiß Dich zusammen, Babe! Trotzdem streichelte ich ganz bewusst auch etwas näher an ihre empfindsamen Stellen hin. Lottis Körper reagierte darauf, das spürte und sah ich. Aber ich legte es nicht darauf an. Sie danke es mir mit einem vertrauten Kuss. Hunger. Diesmal wollte sie einladen. Wir besuchten den leckeren Inder „Ganga".

Mein Chicken Korma war genauso köstlich wie Lottis Banana Chicken. Am Abend wieder DVD-Zeit. Der übernächste Bond rettete mal wieder die Welt. Wir waren müde und gingen schlafen. „Du?" „Ja, Lotti." „Stört es Dich?" „Nein, mach ruhig." „Danke, Du bist der Beste." Ich hörte Gekruschel neben mir, dann ein leises Surren. Der Vibrator! Ich sah ihn nicht, hörte ihn aber klar und deutlich. Zum Surren gesellte sich ein leises Stöhnen. Es war Lottis Stimme, das war klar.

„Mach doch auch", flüsterte Lotti mir zu. „Wir müssen es nicht hintereinander machen, wir können es auch parallel machen." „Okay", flüsterte ich und ergriff meinen bereits obersteifen Obermacker. Das Surren wurde lauter. Ich war mächtig erregt. Lotti hauchte mir ihre Lust ins Ohr. Nach ein paar Minuten erlebte Lottis Atmen seinen Höhepunkt in Intensität und Lautstärke. Sie kam, direkt neben mir! Das Bett wackelte etwas, ich spürte alles an meinem eigenen Körper. Daraufhin wurde das Surren leiser, bis es verschwand. Lotti atmete tief ein und aus. Sie war direkt neben mir gekommen!

Dann kam auch ich. Heftig war´s. Alles ins Feuchttuch hinein. „So, auch fertig“, flüsterte ich. „Gute Nacht, schlaf schön.“ Am nächsten Tag dasselbe: Ich musste zur Uni. Freitag. Dann endlich Wochenende. Lotti schlief aus und besuchte 2 ihrer besten Freundinnen. Gegen 17 Uhr stand sie vor meiner Tür, als ich nach Hause kam. Ich nahm Lotti rein. Streichelte und massierte ausführlich und zärtlich ihre Schmerzen bestmöglich weg. Lotti genoss es. Ich ertappte mich dabei, erneut und stärkere sexuelle Wünsche in meinem Kopf in Bezug auf Lotti vorzufinden. Wie wäre es, wenn …?

Aber das konnte ich unmöglich bringen. Trotzdem streichelte ich bewusst noch näher an ihre empfindsamsten Stellen hin. Lottis Körper reagierte darauf, das spürte und sah ich. Aber ich legte es nicht darauf an. Lotti dankte es mir mit ihrem üblichen, vertrauten Kuss. Hunger. „Heute koche ich“, prophezeite ich. In der Gemeinschaftsküche war viel los. Wie fast immer am Freitagabend. Ich stellte Lotti vor und alle unterhielten sich prima. Alle zusammen aßen verschiedene Sachen. Zum Nachtisch gab es Eis. „Noch einen Bond?“ „Noch einen Bond.“ Wir zogen uns zurück und beschimpften Beißer. Kurz vor 1 Uhr gingen wir schlafen. „Du?“ „Ja.“

„Stört es Dich?“ „Nein, mach ruhig.“ „Danke, Du bist der Beste … Mach Du es aber auch.“ „Okay.“ Ich hörte das Gekruschtel neben mir, dann ein leises Surren. The vibrator again! Ich sah ihn nicht, hörte ihn aber deutlich und nah. Zum Surren gesellte sich ein leises Stöhnen. Es war die Lotti. Unsere Oberschenkel berührten sich sanft. Ich ergriff meinen Macker und startete den Weg der Salvation. Das leise Surren wurde lauter. Ich war mächtig erregt.

Lotti hauchte mir ihre Lust ins Ohr. Nach ein paar Minuten erlebte Lottis Atmen seinen Höhepunkt in Intensität und Lautstärke. Sie kam, direkt neben mir! Das Bett wackelte etwas, ich spürte alles an meinem eigenen Körper. Doch diesmal wurde das Surren nicht leiser, im Gegenteil: Es blieb da. Was bedeutete, dass sie noch nicht genug hatte. Kurz darauf kam Lotti erneut. Dieser zweite Orgasmus war heftiger als der erste. Sie zuckte dabei und ihr Bein schlug etwas aus. Lotti atmete tief ein und aus. Sie war direkt neben mir gekommen. Zweimal!

Wahnsinn! „Und Du?“ „Ich bin noch dabei“, erklärte ich ruhig. „Komm, lass mich mal“, flüsterte die Lotti und griff mir in den Schritt. Ich ließ es zu. 10 Sekunden später hatte sie mein Pracht-exemplar in ihrer Hand. Lotti benötigte keine 30 Sekunden, ehe sie ihr Ziel erreicht hatte: meinen Orgasmus. Ich kam wie Sam-son. Heftig. Zeit für ein Feuchttuch oder eine Küchenrolle war nicht mehr. Ich riss schnell die Bettdecke hoch, dann schoss es auch schon aus mir heraus. „Ui“, hörte ich Lotti, was bedeute-te, dass ich sie wohl vollgeklekst hatte. Genial wichste sie aus und hielt meinen Dong in ihrer Hand.

Sie spürte dabei jede Zuckung, die er und ich noch leis-teten. „Warte, ich hole Feuchttücher“, lachte ich und übergab Lotti im Dunkeln ein paar. Sie putzte. Ich putzte. Kuss. Kuss. Gute Nacht. Am Wochenende hatte ich frei. Lotti wollte noch bis Sonntag bei mir bleiben, ehe sie mit der Bahn zurück nach Augsburg fahren wollte. Ich war einverstanden. Wir schliefen aus. Als ich wach wurde, lag die süße Lotti in meinem Arm. So friedlich sah sie aus. Ich stand vorsichtig auf und erledigte mei-ne Morgentoilette. Lotti wurde wach und ging duschen.

Wir brunchten mit denen, die da waren. Das Wetter war gut, wir gingen an einen schönen See. Sonnen. Ausruhen. Plau-dern. Quatschen. Schwimmen nur ich, dafür tat ihr der Körper noch zu weh. „Kino?“ „Kino.“ Wir besuchten eine Sneak Pre-view. Es war Horror. Krasser Shit! Lecker Popcorn. Frische Co-la. 2 meiner letzten, hübschen Eroberungen meldeten sich bei mir zum Poppen, doch ich sagte ihnen ab. Lotti freute sich, dass ich meine Zeit ihr widmete. „Du verzichtest auf geile Ficks, um Dich um mich zu kümmern? Das vergesse ich Dir nie.“ Kuss. Kuss. „Danke!“

Am Abend mussten wir wieder schlafen. Es sollte vor-erst unsere letzte gemeinsame Nacht sein. Vielleicht die aller-letzte überhaupt? Keine Ahnung. Alles konnte passieren, nichts musste. „Gute Nacht.“ 5 Minuten später: „Du?“ „Ja.“ „Stört es Dich?“ „Nein, mach ruhig.“ „Danke, Du bist der Beste … mach Du aber auch.“ „Okay.“ Ich hörte Gekruschel neben mir, dann ein leises Surren. Mr. Vibro again! Ich sah ihn nicht, hörte ihn aber sehr deutlich und nah an mir. Zum Surren gesellte sich ein leises Stöhnen. Es war Lottis Stimme!

Unsere Oberschenkel berührten sich sanft. Ich ergriff meinen Obermacker und startete den Weg der Salvation. Das Surren wurde lauter. Ich war mächtig erregt. Die Lotti hauchte mir ihre Lust ins Ohr. Nach ein paar Minuten erlebte ihr Atmen seinen Höhepunkt in Intensität und Lautstärke. Sie kam, direkt neben mir. Das Bett wackelte, ich spürte alles an meinem eigenen Körper. Doch auch diesmal wurde das Surren nicht leiser, im Gegenteil. Es blieb da, was nur bedeutete, dass Lottili noch nicht genug hatte. Kurz darauf kam sie erneut. Dieser zweite Orgasmus war deutlich heftiger als der erste. Lotti zuckte dabei und ihr Bein schlug aus. Dann atmete sie tief ein und aus.

Die süße Lotti war neben mir gekommen. Ganze zweimal. Moment mal: Das Surren ging immer noch weiter! 2 Minuten später kam sie zum dritten Mal. Wahnsinn! „Und Du?" „Ich bin noch dabei", erklärte ich ruhig. „Komm, lass mich machen", flüsterte Lotti und griff mir in den Schritt. Ich ließ es zu. 10 Sekunden später hatte Lotti mein Prachtexemplar in ihrer Hand. Sie benötigte erneut keine 30 Sekunden, ehe sie ihr Ziel erreicht hatte: meinen Orgasmus. Ich kam wie Samson. Heftig!

Zeit für ein Feuchttuch oder eine Küchenrolle war wieder nicht gegeben. Lotti riss schnell die Bettdecke hoch, dann schoss es schon aus mir heraus. „Ui", hörte ich sie, was bedeutete, dass ich sie wohl erneut vollgeklekst hatte. Genial wichste Lotti aus und hielt meinen Dong in ihrer Hand fest. Sie spürte dabei jede Zuckung, die er noch leistete. „Ich hole Feuchttücher", lachte ich und übergab Lotti ein paar. Sie putzte. Ich putzte. Kuss. Kuss. Kuss. Gute Nacht. Am nächsten Tag düste Lotti wieder nach Augsburg. Wir blieben in Kontakt. Wochen vergingen. Monate vergingen.

Lotti hatte sich verliebt. In Marco, einen attraktiven ITler. Er gab ihr Sicherheit und Stabilität. Sie ließ sich darauf ein. Er tat ihr gut. Ich freute mich. Lotti stellte ihn mir vor. Er gefiel mir. Ich beneidete ihn. 2 Jahre lang führte Lotti eine Beziehung mit Marco, ehe sie ihn zum Teufel schickte. Er hatte besoffen eine andere gefickt. Nicht gut. Lotti war am Boden und stand wieder vor meiner Tür. Es war ein Donnerstagabend. Ich war zu dieser Zeit mit der 22-jährigen Claudi zusammen, mehr locker als fest. Ich wohnte noch in der WG.

Lotti weinte wunderschön. Sie sah so sexy dabei aus. Sie tat mir aber auch sehr leid, da sie ihr marcosisches Liebesglück verloren hatte. „So ein Scheißkerl!", fluchte Lotti. „Ich habe nichts gegen frei durch die Gegend poppen, aber in einer festen Beziehung gehört sich so etwas nicht", jammerte sie. Ich tröstete sie. Lotti hatte mittlerweile ihre Haare blöndlich gefärbt – stand ihr sehr gut. Ihr Körper war immer noch Hammer in Schuss. Sie hielt sich mit Fitnessstudio und Laufen fit. „Darf ich bis Sonntag bei Dir bleiben?", fragte sie lieb. Ich nickte. Lotti küsste mich. Normal.

Die Abteilungsleiterin einer bekannten Discounter-Filiale in Augsburg wollte als Dankeschön für mich kochen. Es gab Nudeln. Mit Bolognese. Lecker. Zurück im Zimmer lagen wir nebeneinander im Bett und plauderten. Lotti erzählte mir von ihrer Beziehung mit Marco, wie schön diese war und wie eklig sie geendet hat. „Ich erwischte ihn, als er mit einer Jugo rummachte. Er war völlig hinüber. Ich beendete es sofort. Die blöde Nutte war noch nicht einmal hübsch. Er bekam so viel Sex von mir wie er wollte, ich erfüllte ihm all seine Wünsche. So ein Schwein!"

Lotti erkundigte sich nach meiner aktuellen Lebensweise und ihr erzählte ihr von den letzten Ladies und Girlies sowie von Claudi. Die kannte sie noch nicht. „Wow, die ist aber echt hübsch", lobte sie das Foto, das ihr ihr zeigte. „Störe ich dann nicht dieses Wochenende?" „Nein, Claudi ist mit ihren beiden Schwestern im Familienurlaub. Alles gut." Schon war es späte 23 Uhr. Wir schauten noch einen Actionfilm, dann putzten wir uns die Zähne und knipsten das Licht aus. „Komm zu mir ins Bett", wollte Lotti nicht, dass ich den Boden beschlief.

Wir lagen da. Da ich echt müde war, versuchte ich einzuschlafen, doch Lotti hatte anderes vor: „Du?" „Ja." „Du weißt schon." „Ach so, ja." „Darf ich?" „Mach ruhig", flüsterte ich. In der Tat machte sie es. Aber ich hörte diesmal kein Summen. Hatte sie ihren Vibrator in AUGS vergessen? Lotti lag links neben mir. Sie machte es sich mit ihrer linken Hand. Plötzlich spürte ich ihre rechte Hand an meiner Unterhose. „Zieh aus", hauchte Lotti. Ich gehorchte. „Wir beide, okay?" „Okay." Doch bevor ich meinen Schwanz ergreifen konnte, ergriff sie ihn.

Lotti ging eine Nummer weiter als vor 2 Jahren: Diesmal wichste sie mich von Anfang an. Geil! Ich ließ es zu. Mit ihrer linken Hand erregte sie ihre Mumu, mit ihrer rechten Hand erregte sie meinen Dongo. Die Decke war längst von unseren Körpern weg. Wir lagen da – frei und nackt. Aber im Dunkeln, somit unsichtbar füreinander. Ich hörte und spürte Lotti arbeiten, an sich selbst und an mir. Beides gefiel mir. Ich genoss es! Nach nicht einmal 3 Minuten konnte ich mich nicht mehr zurückhalten und kam. Ich kam brutal. Just in diesem Moment stöhnte auch die hübsche Lotti auf.

Lotti hatte es geschafft und 2 unterschiedlichen Menschen zur selben Zeit einen sexuellen Höhepunkt geschenkt. Ich spritzte wieder vieles voll und war so erleichtert. Feuchttüchern sei Dank, schliefen wir daraufhin Arm in Arm, ich sie beschützend, ein. Am nächsten frühen Morgen wurde ich vom Wecker wach. Die Sonne schien herein, ich musste auf. Ich löste mich von Lotti und blickte sie an. Da lag sie, splitternackt. Zum ersten Mal sah ich sie als reife Frau so. Ihr Körper war perfekt. Viele Tattoos schmückten sie, manche davon verstand ich nicht. An ihr sah Art-Kunst wirklich gut aus.

Ihre Brüste waren gestochen, also gepierct, aber nur die Nippeleien. Ihre Scham war haarfrei, aber tätowiert verziert. Ihre Schamlippen waren in Form, ihre Clit hatte einen Stecker. Ich hatte sofort einen Steifen stehen, deckte sie aber liebevoll zu und wichste im Bad meinen Kopf frei. Dann düste ich ab in die Universität. Am Nachmittag war ich fertig, das Wochenende war endlich da!

Wir gingen auf das Altstadtfest und aßen und tranken zu handgemachter Live-Musik gut und lecker. Wir tanzten auch. Lotti war so sexy in ihrem Dirndl unterwegs, ich lässig in Shirt und Dreiviertelhose. Lotti wurde von einigen Typen anvisiert, auch angequatscht und angebaggert, doch entweder wehrte sie oder ich diese souverän ab. Wir kamen spät nach Hause, es war weit nach Mitternacht. Wir waren beide etwas angeheitert, hatten ein paar Bier getrunken. „Ich hätte jetzt richtig Bock darauf, mit Dir zu schlafen", grinste mich Lotti schelmisch an. Ich war sprachlos. Okay, sie war gerade nicht die Herrin ihrer lottischen Sinne, aber immerhin.

Lotti torkelte auf mich zu und küsste mich. Anders als sonst. Leidenschaftlich. Mit Zunge. Ich küsste automatisch mit, zog dann aber die Notbremse: „Stopp! Warte", unterbrach ich das heiße Spiel. „Was ist denn los? Gefalle ich Dir nicht?" „Lotti, wir sollten diese Grenze nicht überschreiten. Ich möchte nicht unsere wundervolle Freundschaft riskieren." „Die riskierst Du, wenn Du mich jetzt nicht vögelst", lallte sie geil. „Wenn wir nicht so eng befreundet wären, hätte ich Dich schon längst ge-vögelt, Lotti. Aber wir haben etwas ganz Besonderes miteinander. Das ist mir wichtiger."

„Du Penner!", schrie sie mich halblaut an und zog sich in Windeseile vor mir blanko aus. „Du verschmähst diesen mei-nen Traumkörper?!" „Nein, ich ehre und schätze ihn", gab ich zurück, „daher nutze ich jetzt auch nicht die Gunst der Stunde aus. Du hast zu viel getrunken, Lotti. Leg Dich bitte schlafen, wir sprechen morgen darüber." „Ich will aber nicht reden, ich will ficken." „Dann such Dir einen zum Ficken. Ich ficke Dich nicht. Wir sind Freunde." Lotti stampfte wütend auf den Boden. Ihr besoffener Körper war so schön.

„Ich will jetzt meinen Orgasmus haben", knirschte sie. „Kannst Du ja haben. Leg Dich hin und mach´s Dir selbst." „Na gut", willigte Lotti ein und machte es sich auf dem Bett gemüt-lich. Ich schaltete das künstliche Licht aus und legte mich neben sie. Plötzlich versuchte Lotti mich zu vergewaltigen. Sie war schon auf mir drauf und griff nach meinem Penis, um ihn sich einzuführen. Das wollte und durfte ich nicht zulassen. Ener-gisch drückte ich sie runter und legte mich auf sie. Ich musste sie bändigen.

Lotti versuchte sich zu wehren, doch ich war stärker. Mit 2 Händen und 3 Beinen fixierte ich Lotti auf der Matratze. Schließlich gab sie den Kampf auf. „Lotti, dreh jetzt bitte nicht durch. Wir besprechen alles Weitere morgen. Mach es Dir jetzt, dann kannst Du klarer denken und besser schlafen." Erst nach-dem sie mir mehrfach versprochen hatte, keinen Blödsinn mehr zu treiben, ließ ich von ihr ab. Und schon hörte ich wieder das Surren. Es war ein anderes Surren. Es musste also ein anderer Vibrator sein, den sie diesmal dabei hatte. Gleichzeitig spürte ich ihre Hand an meinem dritten Bein.

Okay, das durfte sie. Lotti begann mich abzumelken. Wunderschön wie immer machte sie es. „Hältst Du mal kurz bitte? Es kratzt mich", flüsterte Lotti mir plötzlich zu. Ich griff über und hatte ihr Ding in der Hand. Es war ein Klitoris-Stimulationsgerät. „Einfach draufhalten. Ja, so", keuchte sie. Ich hielt das Teil fest, während Lotti sich irgendwo kratzte. Gleichzeitig wichste sie mich steifer und steifer. Dann wurde Lotti langsamer, ganz langsam, um sich voll und ganz auf ihr Vergnügen konzentrieren zu können.

„Etwas höher. Ja. Etwas fester. Ja, perfekt. Bisschen bewegen. Oh ja! Ich komme gleich. Mach genauso weiter. Ja!" Ich hielt ihr die Klitoris-Vergnügungsmaschine an ihre Klitoris, das erzeugte den bis dato heftigsten Orgasmus, den sie in meiner Anwesenheit erzielt und gezeigt hatte. Mein knüppeldicker Penis war in ihrer Hand gefangen. Noch durfte er nicht kommen. Lotti schnaufte aus. „Nochmal." Eigentlich hätte sie längst wieder selbst übernehmen können, denn ich sah, hörte und fühlte sie sich nirgendwo mehr kratzen oder jucken. Egal, mit dieser Situation konnte ich umgehen.

Ich hielt das Ding genauso hin wie vorher und erhöhte die Strom- und Schallwellenfrequenz. Lottis Stöhnen nahm eine andere, noch intensivere Klangfarbe an. Mein Dick wurde zum Presswerk. Sie quetschte ihn. Meine Adern schwollen weiter an. Lotti hielt ihn fest in ihrer Faust. Ohne Bewegung. Sie kam zum zweiten Mal. Noch heftiger als zuvor. Sie ließ sich richtig gehen. Gute Lotti. Genieße! Plötzlich spürte ich meinen Penis zucken. Ich spritzte raus. Ohne forcierte Bewegung hatte ich den point of no return überschritten und war explodiert.

Lotti reagierte mit keinerlei Wimper auf meinen Orgasmus. Anstatt endlich gut und fleißig zu wichsen, hielt sie ihn weiter krampfhaft fest in ihrer rechten Faust, die immer feuchter und klebriger wurde. Es war ein intensiver Samenerguss, den ich hatte. Mein Körper gab endlich nach und fand Erlösung und Entspannung. Herrlich! Wir putzten uns im Dunkeln sauber und schliefen ein. Am nächsten Morgen schliefen wir aus. Dann weckte mich L und entschuldigte sich für das Vorgefallene: „Sorry, ich war gestern Abend drüber. Ich hoffe, ich habe damit nichts kaputt gemacht zwischen uns", trauerte sie.

„Alles gut von meiner Seite, aber ich musste einfach energisch dazwischen grätschen, es hätte sich nicht gelohnt. Unsere wundervolle, enge Bindung zu riskieren für Sex, das wäre keine so gute Tat gewesen." „Ich weiß. Obwohl ich schon gerne mit Dir …". „Das ehrt mich, das Kompliment gebe ich an Dich zurück, Lotti. Du bist eine schöne und äußerst reizvolle Frau, aber wir sind Freunde und keine Partner. Wenn wir miteinander schliefen, würde das alles verändern und wahrscheinlich kaputtmachen. Du bist mir viel zu wichtig dafür."

„Du bist süß", küsste Lotti mich wieder normal. Einen schönen Tag und eine gegenseitige Masturbationsnacht später musste Lotti wieder zurück nach Augsburg. Monate später traf sie die Entscheidung, ihre Stadt zu verlassen und nach Hamburg hochzuziehen, weil sie dort eine gute Aufstiegsposition in ihrer Firma fand. Das änderte nicht so viel an uns. Wir hielten regelmäßig Kontakt und sahen uns jetzt nur noch 2-3 Mal im Jahr für ein Wochenende. Dann lernte ich meine heutige Ehefrau Andrea kennen und gründete eine Familie mit ihr.

Lotti erging es ähnlich: Sie heiratete den dortigen Filialleiter, ihren Boss Luigi, bekam 1 Kind von ihm. Luigi Jr. Ein süßer Bengel. Seitdem sind wir beide älter und reifer geworden. Lotti und ich lieben uns wie Bruder und Schwester. Gegenseitige sexuelle Stimulationen gab es seit besagtem Wochenende leider keine mehr zwischen uns. Ergab sich einfach nicht mehr. Manchmal besucht Lotti uns mit ihrer Familie. Sie und Andrea verstehen sich prima. Auch die Kinder kommen gut miteinander klar. Luigi ist nett, aber nicht mein Stil. Hauptsache, Lotti ist glücklich mit ihm.

Buch-Tipps vom Womanizer

The Womanizer
Ich, der Fremdgeher 1
Die Abenteuer des Womanizers

Sex, Erotik, Liebe, Lust und geile Leidenschaft – dies ist die spannende Geschichte, die Autobiografie des Womanizers, eines Mannes, der seinem Leben keine Grenzen setzt und sich alle sexuellen Wünsche und Träume erfüllt. Obwohl er glücklich in einer Beziehung mit seiner Freundin Andrea ist, die er auch wirklich liebt, gönnt er sich alle Freiheiten, um das zu genießen, wovon andere Männer nur träumen. Er erlebt fantastische Abenteuer ebenso wie böse Reinfälle, heiße Affären, Sex mit 3 Frauen gleichzeitig, Erpressung, Glück und Leid in Beziehung und One Night Stands.

Erfahren Sie mehr über den Mann hinter der Womanizer-Maske und sein Leben. Fantasien werden Wirklichkeit, Wünsche wahr. „Ich, der Fremdgeher 1" ist ein hochexplosives und spannendes Werk, das den Leser fesselt, anregt und erregt. 63 Kapitel voller Sex, Lust und Leidenschaft. 200 Seiten pure Erotik. Doch auch Schuld und Moral spielen eine Rolle. Immer wieder hinterfragt der Womanizer sein schändliches Treiben und will seiner Freundin treu bleiben, doch die Lust ist zu groß und die weiblichen Reize sind zu stark ... und so stürzt er sich ins nächste Abenteuer. Ein Buch, über das Sie noch lange sprechen werden!

ISBN 978-3-8423-2186-1
Books on Demand

Buch-Tipps vom Womanizer

The Womanizer
Ich, der Fremdgeher 2
Neue Abenteuer des Womanizers

Dies ist Teil 2, die Fortsetzung der spannenden Lebensgeschichte des Womanizers, eines Mannes, der seinem Dasein keinerlei Grenzen setzt und sich all seine sexuellen Wünsche und Träume erfüllt. Obwohl er mittlerweile glücklich verheiratet und stolzer Vater eines Sohnes ist, gönnt er sich die Freiheiten, um das zu genießen, wovon andere Männer träumen. Er erlebt fantastische Abenteuer ebenso wie böse Reinfälle, heiße Affären, Glück und Leid in Beziehung und One Night Stands. Erfahren Sie alles über den Mann hinter der Maske und sein geniales Leben. Fantasien werden Wirklichkeit, Wünsche wahr.

„Ich, der Fremdgeher 2" ist ein explosives Werk, das den Leser fesselt, anregt und erregt. 35 Kapitel voller Sex, Liebe und Leidenschaft, 200 Seiten pure Erotik, das ist die fantastische Welt des Womanizers. Doch auch Schuld und Moral spielen eine Rolle. Immer wieder hinterfragt er sein Treiben und will seiner Ehefrau Andrea treu bleiben, doch die Lust ist zu groß und die weiblichen Reize sind zu stark ... und so stürzt er sich ins nächste Abenteuer. Die fantastische Fortsetzung von „Ich, der Fremdgeher 1". Ein Buch, das Sie nicht mehr loslassen wird, denn tief in Ihnen stecken auch der Trieb, die Lust und die Gier auf die Erfüllung all Ihrer sexuellen Wünsche und Fantasien.

ISBN 978-3-8448-7446-4
Books on Demand

Buch-Tipps vom Womanizer

The Womanizer
Ich, der Fremdgeher 3
Die letzten Geheimnisse des Womanizers

Dies ist Teil 3 der legendären Biografie über das Leben und das Wirken des Womanizers, eines Mannes, der sich trotz hübscher Ehefrau und zweier wundervoller Kinder außertourlich all seine sexuellen Wünsche und Träume erfüllt. Dabei erlebt er das, wovon andere Männer nur träumen. Diesmal: Sex mit den blutjungen Animateurinnen Grit und Hanna, krasse Abenteuer in der Glory Hole Bar, eine heiße Romanze mit PR-Lady Ella, der fantastische Vierer mit den US-Girls Chloe, Madison und Stella, Kindermädchen Magdalena auf Extratour, Erotikmassagen der göttlichen Luisa, Jugenderinnerungen an Raliza, Techtelmechtel mit Praktikantin Aiko, Reinfall mit Frauke, Oh Julia, Andreas geheime Kiste, Ü-50erin Sabrina, Playboy-Lifestyle mit Hostessen Torrie und Whitney, die scharfe Kerstin, und vieles mehr.

„Ich, der Fremdgeher 3" ist ein explosives und reizvolles Werk, das den Leser fesselt, anregt und erregt. 34 Kapitel voller Sex, Liebe und Leidenschaft, 200 Seiten pure Erotik, das ist die extravagante Welt des Womanizers. Die geile Fortsetzung von „Ich, der Fremdgeher 1 & 2". Ein Buch, das Sie nicht mehr loslassen wird, denn tief in Ihnen stecken auch der Trieb, die Lust und die Gier auf Erfüllung all Ihrer sexuellen Fantasien.

ISBN 978-3-7460-1524-8
Books on Demand

Buch-Tipps vom Womanizer

The Womanizer
Ich, der Fremdgeher 4
Kostbare Perlen des Womanizers

Mein Leben ist ein Traum! Attraktiv, gesund, glücklich verheiratet, Vater zweier wundervoller Kids, erfolgreicher Businessmann, Top-Verdiener, dazu Dauergast in den Betten hübschester Ladies. Das bin ich, der Womanizer! In meiner Biografie „Ich, der Fremdgeher" haben Sie in den Teilen 1-3 alles über mich, mein Leben, meine Fantasien und meine Taten erfahren. Mein Wirken auf der Überholspur ist grandios. Alle Männer wären gerne wie ich. Über 1.500 Frauen habe ich im Bett gehabt, und es werden immer mehr. Ich weiß, mit welchen Tricks ich geile Frauen um den Finger wickeln muss, um von ihnen das zu bekommen, was ich möchte: Sex! Und genauso weiß ich, mit welchen Schlichen ich das alles meiner Gattin Andrea verheimlichen kann.

Für Band 4 habe ich in meiner Schatzkiste gegraben und präsentiere kostbare Perlen des Womanizers: Bezaubernde Damen, mit denen ich heiße Stunden, Tage oder mehr erlebt habe. Von meinen wilden 20ern bis jetzt Anfang 40 habe ich eine knisternde Auswahl zusammengestellt, die Lust auf mehr macht. Möge mein Lebensstil Sie beflügeln, Ihnen Mut schenken und Sie anspornen, es mir gleich zu tun. Denn Frauen sind dazu da, gevögelt zu werden und den Mann sexuell glücklich zu machen. Nutzen Sie Ihren Schwanz und geben Sie ihm, was er braucht: Eine hübsche Lady nach der anderen! Ich wünsche Ihnen viel Spaß mit meinen kostbarsten Perlen, von geilen ONS bis hin zu Sex mit 3 girls on fire. Und vieles, vieles mehr!

ISBN 978-3-7481-4685-8
Books on Demand

Buch-Tipps vom Womanizer

The Womanizer
Ich, der Fremdgeher 5
Heroische Erlebnisse des Womanizers

Heroische Erlebnisse sind es, die ich Ihnen diesmal präsentiere.
Dies ist der 5. Band meiner Reihe „Ich, der Fremdgeher". Und
immer noch gibt es spannendes Neues zu berichten, der Stoff
geht mir nie aus. Wetten sind etwas Geiles, denn mit ihnen kann
man Frauen gewinnen und gefügig machen. Auch MILF (Mothers I´d like to fuck) sind etwas Besonderes, da sie meist doppelt hot sind auf ein sündhaftes Abenteuer. Diese beiden The-
men bilden den Schwerpunkt des Werkes. Ich bin der legendäre
Womanizer. Ach, was habe ich schon gevögelt in meinem Leben! Über 1.500 Ladies sind es bisher, und es werden weiter
mehr. Die 2.000 sind knackbar! Und auf welche schönen Momente ich zurückblicken kann: Viele Highlights davon haben
Sie bereits gelesen, andere erfahren Sie nun.

Trotz hübscher Gattin und glücklichem Vatersein ist Leben für
mich mehr als Familie: Leben ist für mich SEX! Abenteuer!
Lust! Trieb! Leidenschaft und Liebe! One Night Stands! Spaß
haben und alles mitnehmen, was geht. Bereut habe ich bisher
nichts. Ich lebe das Leben, das ich liebe. Auf der Überholspur,
in den Betten hübscher Frauen. In diesem 200-Seiter machen
wir eine Zeitreise vom jungen Womanizer bis hin zum heutigen
Womanizer. Ich schenke Ihnen heißeste Sex-Abenteuer und heroische Erlebnisse meiner Person, die Sie noch nicht kennen,
aber nach dem Lesen nicht mehr missen wollen. Tanken Sie
Mut und versuchen Sie mir nachzueifern, denn das Leben kann
so verdammt geil sein!

ISBN 978-3-7494-1985-2
Books on Demand

Buch-Tipps vom Womanizer

The Womanizer
Ich, der Fremdgeher 6
Das Ende des Womanizers?

Ist dies das Ende des Womanizers? Tja, meine lieben Freunde der Sonne, vielleicht ist das wirklich der letzte Vorhang, der für mich fällt. Meine Frau Andrea hat ein Ehe-Break gefordert. Sie braucht eine Auszeit, sagt sie, von mir. Aber nicht vom schönen Haus, das ich gekauft habe. Auch nicht vom guten Geld, das ich ihr jeden Monat überweise. Hat sie mich beim Fremdficken erwischt? Nein. Warum dann dieser krasse Schritt von ihr? Keine Ahnung. Frauen sind einfach unberechenbar! Ich muss ausziehen und schwebe in der beschissenen Ungewissheit, ob und wie es mit uns weitergeht. Die armen Kinder! Hat Andrea einen neuen Stecher oder Geldgeber? Geht sie mir fremd? Ich werde es herausfinden.

Gleichzeitig aber lebe ich mein Womanizer-Leben weiter. Jetzt erst recht! Ich poppe Immobilienmaklerin Heidi, gewinne die sexy Fitness-Polizistin Cornelia, verliebe mich in Nutte Agnes, erlebe geniale Erotikmassagen, treffe meine Jugendliebe Yasmin nach 20 Jahren wieder, habe geilen Gruppensex mit der 18-jährigen Daphne und ihren Busenfreundinnen, kämpfe mit der skrupellosen Laetitia um meine Firma, finde in meiner Angestellten Susanna eine heiße Bettgespielin, führe die sexuell blockierte Maren in meine hohe Kunst ein und genieße eine heiße Affäre mit der geheimnisvollen Tattoo-Frau Jacqueline. Aber: Kann ich meine Ehe retten? Wird Andrea ihren Irrsinn beenden? Ich werde alles dafür tun!

ISBN 978-3-7494-3590-6
Books on Demand

Buch-Tipps vom Womanizer

The Womanizer
Ich, der Fremdgeher 7
Comeback des Womanizers

Ich bin zum dritten Mal Vater geworden … doch diesmal nicht mit meiner Gattin Andrea. Trotzdem: Welcome, Niklas! Bei der Fußball-Europameisterschaft lernte ich die Glatzenfrau Marlene kennen und feierte mit ihr den Sieg Deutschlands im Bett. In Amerika stieß ich auf die Geschäftsfrau Harper, die mich zuerst hasste, dann aber liebte. Kein Wunder, ich hatte sie dermaßen eifersüchtig gemacht mit den Diven Grace & Eleanor. Schließlich verfiel sie mir mit Haut und Haaren. Meine Grafikerin Antonia erlebte eine Ehehölle, ich half ihr raus. Als Dank bekam ich sie, doch leider war sie mir nicht gut genug im Bett. Die junge, bildhübsche Nele war unerreichbar für mich, da musste ich sie mir kaufen. 3.000 Euro war sie mir wert. Was ich dafür bekam? So einiges!

In Glasgow trieb ich es mit 9 Frauen gleichzeitig, ich war der Hahn im Kopf. Sexualtherapeutin Juna wollte meine Frage, ob ich sexsüchtig sei, ganz genau beantworten. Dazu musste ich einige Praxistests absolvieren. Rockige Jugenderinnerungen teile ich genauso mit Ihnen wie meine peinlichsten Sex-Momente, z.B. als ich bei der mysteriösen Alexis einfach nicht kommen konnte. Tja, Nobody´s perfect. Ein Highlight der letzten Zeit war die blutjunge Xandra, ein teures, aber geiles Geschenk des Himmels. Zu guter Letzt verliebte ich mich in Susi. Ich kannte sie seit vielen Jahren als Helferin in der Hautarztpraxis, doch erst Sansibar brachte uns zusammen. Ich liebe sie und führe aktuell 2 Beziehungen. Aber ich muss mich bald entscheiden: Andrea und meine beiden Kinder … oder Susi.

ISBN 978-3-7543-5134-5
Books on Demand

Buch-Tipps vom Womanizer

The Womanizer
Ich, der Fremdgeher 8
Champagner für den Womanizer

Mit Mitte 40 immer noch auf der absoluten Überholspur unterwegs – das ist schon eine Leistung. Trotz zauberhafter Ehefrau und 2 Kindern tobe ich mich weiterhin in den Betten hübscher, williger Damen aus. Diesmal erzähle ich Ihnen von Johanna, einer jungen, aufstrebenden Friseurin, die ich zum Star machte. Dafür war sie mir etwas schuldig. Die 25-jährige Joyce war ein Luder der Klasse 1A. Ich lernte sie bei Magical.TV kennen. Sie führte mich in eine brutale Welt von Lust, Macht, Sex und Dominanz ein, in der auch Biggi auf mich wartete. Dr. Nora wurde nicht nur meine Zahnärztin, sondern auch meine heiße Affäre. Wir trieben es sogar auf dem Behandlungsstuhl.

Merle, die Perle: eine der heißesten Erlebnisse, die ich je hatte. Ich war Anfang 20 und im Auslandssemester in Frankreich, sie die Tochter des Hauses. Sie hatte einen Freund, doch stand auch auf mich. Es war ein langer Weg zum Glück, schließlich verfiel Merle mir mit Haut und Haaren. JJ, AJ und MJ waren Schwestern, die ich nacheinander bei Robinson abgriff. Frau Luckera ist die Sportlehrerin meines Sohnes, doch im Bett gehorcht sie Daddy. Mein Junior sammelte erste sexuelle Erfahrung mit Isla – ihre Mum Felicity gehörte mir. Lotti ist meine beste Freundin. Aber auch beste Freundinnen können verdammt guten Sex. Bei meinem Robinson-Comeback schnappte ich mir 7 Schönheiten. In der S-Bahn verliebte ich mich in Mariella. Sie war optisch eine Traumfrau, im Bett mir allerdings zu krass. Und Valentina ein 24-jähriger One Night Stand.

ISBN 978-3-7543-2112-6
Books on Demand

Buch-Tipps vom Womanizer

The Womanizer
Sex Bomb
100 Tricks, Frauen ins Bett zu bekommen

DER PLAYBOY TRICK * DER PIANIST TRICK * DER FEUERWEHRMANN
TRICK * DER BABYSITTER TRICK * DER 6 RICHTIGE IM LOTTO TRICK *
DER BILLARD TRICK * DER MAGISCHE ZETTEL TRICK * DER KINO TRICK *
DER HUNDEHALTER TRICK * DER ROTE ROSEN TRICK * DER BARMANN
TRICK * DER ZAUBER TRICK * DER CHEFREDAKTEUR TRICK * DER JUNG-
FRAU TRICK * DER SPIONAGE TRICK * DER SCHLITTSCHUHLÄUFER TRICK
* DER PORNODARSTELLER TRICK * DER MASSEUR TRICK * DER VERFLOS-
SENEN TRICK * DER SCARY MOVIE TRICK * DER BUCHAUTOR TRICK *
DER FUSSBALLSPIELER TRICK * DER BLIND DATE TRICK * DER KOLLEGIN
TRICK * DER FOTOGRAF TRICK * DER GIPS TRICK * DER KONZERT TRICK *
DER WETTE TRICK * DER REPORTER TRICK * DER SAUNA TRICK * DER
KAMASUTRA TRICK * DER CHARLIE SHEEN TRICK * DER SCHLANGEN
TRICK * DER WETTBEWERB TRICK * DER AMATEURPORNO TRICK * DER
RESTAURANT CHEF TRICK * DER GEBURTSTAGSPARTY TRICK * DER UM-
ZIEH TRICK * DER SCHÖNE FRAU TRICK * DER SHOPPING TRICK * DER
CALLBOY TRICK * DER XXL-KONDOM TRICK * DER EBAY TRICK * DER
EBAY DELUXE TRICK * DER BETTENKAUF TRICK * DER POKER TRICK *
DER ANNA TRICK * DER MASKENBALL TRICK * DER EINKAUFS TRICK *
DER EX ONE NIGHT STAND TRICK * DER DJ KUMPEL TRICK * DER POR-
SCHE TRICK * DER BORDELL CASTING TRICK * DER BORDELL CASTING
DELUXE TRICK * DER SEXSHOP TRICK * DER STILLE TRICK * DER E-MAIL
TRICK * DER FACEBOOK PARTY TRICK * DER JOGGER TRICK * DER THER-
MEN TRICK * DER ROBINSON CLUB CAMYUVA TRICK * DER 25 ZENTIME-
TER TRICK * DER SALTO TRICK * DER TRAUM TRICK * DER COACHING
FÜR SINGLES BUCH TRICK * DER 5 DVDS ZUR AUSWAHL TRICK * DER
STRAPSE TRICK * DER MASSAGEKURS TRICK * DER VISITENKARTEN
TRICK * DER WITZE TRICK * DER TAGEBUCH TRICK * DER VIBRATOR
TRICK * DER SPIRITUELLE TRICK * DER TANZ TRICK * DER WELTREKORD
TRICK * DER POLEN TRICK * DER 10 MINUTEN TRICK * DER VERLASSE-
NEN TRICK * DER PFIFFIGE TRICK * DER SCHLAF MIT MIR TRICK * DER
SCHAUSPIELFREUNDIN TRICK * DER GANZKÖRPERMASSAGE TRICK * DER
FLOATING TRICK * DER ZUCKERWATTE TRICK * DER BUTLER TRICK *
DER KÄLTE TRICK * DER PROMIFOTO TRICK * DER STEWARDESS TRICK *
DER RETROSPEKTIVE TRICK * DER KUMPEL TRICK * DER CHEF TRICK *
DER KAJAK TRICK * DER SCHWESTER TRICK * DER WEIHNACHTSMANN
TRICK * DER PUTZFRAU TRICK * DER GESCHENK TRICK * DER SPRICH
MICH AN TRICK * DER SADOMASO TRICK * DER ZAHLEN TRICK * DER
SPEED-DATING TRICK

ISBN 978-3-8448-0574-1
Books on Demand

Buch-Tipps vom Womanizer

The Womanizer
Meine heißesten Sex-Abenteuer

The Womanizer präsentiert seine allerheißesten Sex-Abenteuer!
Nach dem Erfolg seiner Bestseller „Ich, der Fremdgeher 1-6" ist
dies ein weiteres Meisterwerk des Mannes, der über 1.500 Frau-
en im Bett hatte und als Casanova des 21. Jahrhunderts in die
modernen Geschichtsbücher eingehen wird. Hierin schildert er
seine geilsten Sex-Erlebnisse der letzten 10 Jahre seines aufre-
genden Lebens und Tuns: Barbara, Teresa, Mary, Iris, Tammy,
Rimma, Caro, Lucy, Paula, Jenny, Gabi, Denise, Raliza, Katja,
Angie, Anja, Jana, Celine und Alicia heißen die Damen, die The
Womanizer für dieses Best of ausgewählt hat.

Jedes dieser Abenteuer zählt zu seinen Favourites. Tauchen Sie
ein in die Welt und den Körper des Womanizers und erleben Sie
mit ihm seine heißesten Sex-Abenteuer – live und hautnah, un-
censored und geil, prickelnd und erlösend. Spüren Sie die Zärt-
lichkeiten, den Sex, die Erotik, die Lust und die Leidenschaft,
die dieses Buch zu einem interaktiven Lesevergnügen machen.
The Womanizer wünscht Ihnen viel Freude mit „Meine heißesten Sex-Abenteuer"!

ISBN 978-3-8448-1952-6
Books on Demand

Buch-Tipps vom Womanizer

The Womanizer
SEXSÜCHTIG!
(M)EINE FRAU IST NICHT GENUG

(M)EINE FRAU IST NICHT GENUG – das ist die Philosophie und das Lebensmotto des Womanizers! Nach vielen Bestseller-Büchern präsentiert der Playboy des 21. Jahrhunderts sein Werk „SEXSÜCHTIG!", in welchem er die wundervolle Beziehung zu seiner Ehefrau Andrea beschreibt und gleichzeitig über seine geilsten Seitensprünge intimst Auskunft gibt. Erfahren Sie mehr über den Mann, der schon über 1.500 Frauen im Bett hatte, und seine heißen Sex-Abenteuer mit Isabel, Simone, Carmen, Melly, Sandy, Samira, Michèle, Bianca, Lena, Silke, Lolita und Wendy.

Megaerotisch sind seine intimen Schilderungen von Liebe, Sex und Zärtlichkeit, Lust und Leidenschaft, Gier und Verlangen. (M)EINE FRAU IST NICHT GENUG – der Drang nach neuen Erfahrungen, nach jungen, schönen Körpern und tabulosen Mädels ist groß. Und die Mädels sind willig. The Womanizer nimmt sie gerne, aber nur die Besten! Und was die so alles können, erfahren Sie in diesem Buch!

ISBN 978-3-8482-0035-1
Books on Demand

Buch-Tipps vom Womanizer

The Womanizer
Sexy!
Memoiren eines Playboys

Tauchen Sie ein in eine Welt voller Lust, Leidenschaft, Sex und Erotik! The Womanizer präsentiert seine Memoiren und berichtet von seinen spannendsten Sex-Abenteuern mit blutjungen, bildhübschen 18-jährigen Mädchen bis hin zu 43-jährigen, reifen Damen. Sie alle sind ihm hilflos verfallen und finden einen Ehrenplatz in diesem Werk, das durch intimste Schilderungen und faszinierende Erlebnisse überzeugt.

„Sexy!" ist ein interaktives Lesevergnügen – der Womanizer erzählt seine Begegnungen hautnah und lebendig, als wären Sie persönlich dabei. Freuen Sie sich auf 24 Ladies und ihre Traumkörper, ihre Lust und Gier nach einem Mann, der sie glücklich macht. Anhand seiner orbitanten Leistungen ist The Womanizer zweifelsohne DER Playboy des 21. Jahrhunderts. Und nun viel Freude beim Lesen und Genießen dieses Buches!

ISBN 978-3-8482-0153-2
Books on Demand

Buch-Tipps vom Womanizer

The Womanizer
Verbotene Lust!
Sex ist mein Leben

In „Verbotene Lust!" führe ich Sie in meine geile Vergangenheit und präsentiere einige Raritäten und Perlen meiner sexuellen Lust. Da ich meine Abenteuer dokumentiere, weiß ich exakt Bescheid und kann detailgenau das schildern, was ich erlebe, wovon andere Männer nur träumen. Auch wenn diese Lust eigentlich „verboten" ist, so ist sie für mich normal. Ich sehe nichts Schlimmes daran, dass ich mich sexuell auslebe und mir meinen Spaß auch in anderen Betten hole. Ich verletze meine Ehefrau Andrea ja nicht, sie kennt halt nur nicht die volle Wahrheit. Und die wird sie auch nie erfahren.

Freuen Sie sich auf meine sexuellen Abenteuer mit der Therapeutin Silva, das Maskenball-Spektakel, den sensationellen Vierer mit Kylie, Nele und Helene, die Sex-Toy-Verkäuferin Cathy, die Praktikantin Kerstin, das 18-jährige Kindermädchen Magda, und auf vieles mehr. Sex ist mein Leben, daher werde ich stets die „Verbotene Lust" mitnehmen, leben und genießen, denn ich bin und bleibe The One & Only Womanizer!

ISBN 978-3-7460-4353-1
Books on Demand

Buch-Tipps vom Womanizer

The Womanizer
Meine besten Dreier
2 Ladies & The Womanizer

Was für viele Männer ein ewiger, unerfüllter Traum bleibt, ist für mich geile Realität: der sagenumwobene flotte Dreier! Ach, wie oft schon habe ich 2 Frauen gleichzeitig im Bett gehabt und sensationelle Stunden mit ihnen erlebt. Wenn auf einmal 4 Hände und 2 Münder loslegen und ihr Bestes geben, dann sieht man die Sterne funkeln. Nach meinen Verkaufsschlagern „Ich, der Fremdgeher 1-6" sowie diversen Specials ist es an der Zeit, der großen Nachfrage gerecht zu werden und den Spot auf meine besten Dreier zu lenken. Hier gilt das Gesetz: Wenn ich Gruppensex habe, bin ich der einzige Mann! Platz für einen zweiten Mann gibt es nicht. Und die Frauen, mit denen ich es treibe, müssen hübsch und geil sein. Sexhungrig und offen für alles.

Wenn meine geschätzte Frau Andrea von meiner Dreier-Leidenschaft wüsste, würde sie mich umbringen. Nun ja, einmal hat sie ja selbst mitgemacht, mit der süßen Lena. Dieser ganz besondere Dreier wird ausführlich im Werk behandelt und erhält als Abschlusskapitel den Ehrenplatz. Aber sonst bin ich für Andrea ein liebender, treuer und einfach der perfekte Ehemann und Partner. Bin ich ja auch, bis auf das mit der Treue … Lassen Sie sich eines versichern: Wenn Sie bisher noch keinen Dreier mit 2 Frauen erlebt haben, dann haben Sie wirklich etwas Ultimatives verpasst!

ISBN 978-3-7528-3132-0
Books on Demand

Buch-Tipps vom Womanizer

The Womanizer
Geile 18
Jung, Schön, Sexy & Versaut

Die Zahl 18 ist eine magische, denn sie beschreibt die Eigenschaften, die mir an Frauen wichtig sind: Jung, Schön, Sexy und Versaut! Ich spreche von Göttinnen, die soeben die Grenze vom Mädchen zur Frau überschritten haben und sich in einem überaus reizvollen Alter befinden. Wenn ein Mädchen endlich volljährig wird, steht sie mir offen. Yeah! Ihre süßen, noch mädchenhaften Rundungen, ihr faltenfreier Körper, ihr unschuldiger Blick – all das verführt mich ungemein. Noch mehr verführen mich die 18-jährigen Luder, die es darauf anlegen. Die um geilen Analsex betteln, Fesselspiele beherrschen, Sperma genüsslich schlucken und genau wissen, wie sie mich befriedigen können. Die mit 18 bereits alle Tabus abgelegt haben, um im Bett ihre und meine Erfüllung zu erleben.

Als Mann Ende 30, mit der tollen Andrea verheiratet und Vater zweier wundervoller Kinder, als renommierter Produzent und Gutverdiener, ist es mir eine Ehre, auch heute noch mir das zu holen, was ich will. Sexuell. In meinem Leben habe ich bereits über 1.500 Frauen im Bett gehabt, davon waren sicher 100 dabei, die Sweet Little Eighteen waren. Aufgrund großer Nachfrage habe ich meine besten sexuellen Erlebnisse mit 18-jährigen Girls zusammengestellt. Und dabei festgestellt: Ein Buch reicht dafür nicht aus! Daher kündige ich jetzt schon eine Fortsetzung dieses Werkes an.

ISBN 978-3-7528-8060-1
Books on Demand

Buch-Tipps vom Womanizer

The Womanizer
Supergeile 18
So Jung, Schön, Sexy & Versaut

18 ist eine magische Zahl, denn sie beschreibt die Eigenschaften, die mir an Frauen wichtig sind: So Jung, Schön, Sexy und Versaut! Die Rede ist von Göttinnen, die soeben die Grenze vom Mädchen zur Frau überschritten haben und sich in einem überaus reizvollen Alter befinden. Wenn ein Mädchen endlich volljährig wird, steht sie mir offen. Yeah! Ihre süßen, noch mädchenhaften Rundungen, ihr faltenfreier Körper, ihr unschuldiger Blick – all das verführt mich ungemein. Noch mehr verführen mich die 18-jährigen Luder, die es darauf anlegen. Die um geilen Analsex betteln, das Fesselspiel beherrschen, Sperma schlucken und genau wissen, wie sie mich befriedigen können. Die mit 18 bereits alle Tabus abgelegt haben, um im Bett ihre und meine Erfüllung zu erleben.

Als Mann Ende 30, mit der tollen Andrea verheiratet und Vater zweier wundervoller Kinder, als renommierter TV-Produzent und Gutverdiener, ist es mir eine Ehre, auch heute noch mir das zu holen, was ich möchte. Sexuell. In meinem Leben habe ich bereits über 1.500 Frauen im Bett gehabt, davon waren sicher 100 dabei, die Sweet Little Eighteen waren. Aufgrund der großen Nachfrage habe ich meine besten sexuellen Erlebnisse mit 18-jährigen Girls zusammengestellt. Doch: Ein Buch reicht dafür nicht aus! Dies ist Teil 2, die Fortsetzung von „Geile 18"! Auf geht´s in einen supergeilen Liebesstrudel, denn sie sind So Jung, Schön, Sexy und Versaut!

ISBN 978-3-7528-2472-8
Books on Demand

Buch-Tipps vom Womanizer

The Womanizer
Meine aufregendsten One Night Stand
Frauen, die ich nie vergessen werde

Sex ist mein Leben! Über 1.500 Ladies zwischen 18 und 50 habe ich bisher im Bett gehabt. Als liebevolle Mutter meiner Kinder ist meine langjährige Partnerin und Ehefrau Andrea immer noch meine absolute Traumfrau, der Sex mit ihr ist toll. Dennoch, glücklich in Beziehung und erfolgreich im Beruf, wie ich es bin, brauche ich die Abwechslung im Bett. Damit meine ich aber nicht die Bettwäsche, sondern Damen. One Night Stands sind ein probates Mittel, um unverbindlich und fröhlich sein Vergnügen zu erzielen. Viel einfacher als eine Affäre.

Ich bin ein Profi, was One Night Stands angeht. Zu viele habe ich schon erlebt und erlebe sie weiterhin, dass ich genau weiß, wie ich eine Frau, die ich geil finde, in mein Bett und von ihr heißen Sex bekomme. Für dieses Best of habe ich mich für die aufregendsten One Night Stands meines Lebens entschieden, mit Frauen, die ich niemals vergessen werde. Lassen Sie sich inspirieren von meinen Taten, tauchen Sie ein in den Körper des Womanizers, und ab geht die Bett-Post!

ISBN 978-3-7528-4102-2
Books on Demand

Buch-Tipps vom Womanizer

The Womanizer
Meine aufregendsten One Night Stand 2
Frauen, die ich niemals vergesse

Sex ist mein Leben! Über 1.500 Ladies zwischen 18 und 50 habe ich bisher in meinem Bett gehabt. Als liebevolle Mutter meiner beiden Kinder ist meine langjährige Partnerin Andrea immer noch meine absolute Traumfrau. Dennoch, glücklich in Beziehung und erfolgreich im Beruf, wie ich es nun mal bin, brauche ich ständige Abwechslung im Bett, und damit meine ich nicht Bettwäsche, sondern Damen. ONS, One Night Stands, sind ein probates Mittel, um unverbindlich sein Vergnügen zu erzielen. Viel einfacher als eine Affäre.

Ich bin Profi, was solche One Night Stands angeht. Zu viele habe ich schon erlebt, dass ich genau weiß, wie ich eine Frau, die ich supergeil finde, ins Bett und von ihr Sex bekomme. Für dieses Best of habe ich mich für die aufregendsten ONS meines Lebens entschieden, mit Frauen, die ich niemals vergesse. Ich wünsche Ihnen Freude beim interaktiven Studieren meiner geilsten One Night Stands Teil 2!

ISBN 978-3-7460-4936-6
Books on Demand

Buch-Tipps vom Womanizer

The Womanizer
In MILF Paradise
Extravagante sexuelle Erlebnisse mit scharfen Müttern

MILF (Mothers I´d like to fuck) sind etwas Exklusives, denn sie sind sexy, rattenscharf und geil. Ich habe in meinem Leben bereits über 1.500 Frauen im Bett gehabt, Dutzende waren horny MILF. Viele davon verheiratet, einige Single. Die jüngste MILF war 18, die älteste 47. In diesem Werk habe ich meine extravagantesten sexuellen Erlebnisse mit ebendiesen lasziven Müttern und Kindshüterinnen zusammengestellt. Meine Frau Andrea ist nach wie vor unwissend meines wilden Treibens. Ihr bin ich der perfekte Gatte und liebevolle Vater unserer 2 Kinder.

Doch so sehr ich meine Frau liebe, treu sein kann und will ich ihr einfach nicht. Dieses Projekt „In MILF Paradise" entstand durch mein sensationelles Erlebnis mit Kollegin Nina, 23-jährige Mutter des kleinen Anton (2). Nina war der helle Wahnsinn! Ihr gebührt daher auch der Startplatz. Freuen Sie sich auf meine geilsten Affären mit MILF-Mothers, die auch Sie sofort nehmen würden. Ich wünsche Ihnen viel Freude und Anregung beim Lesen!

ISBN 978-3-7481-9116-2
Books on Demand

Buch-Tipps vom Womanizer

The Womanizer
Besiegt, Erobert & Geliebt
Wie ich Frauen über Wetten zum Sex bekomme

„Wetten, dass..?" – Wer kennt sie nicht, die einzigartige ZDF-Samstagabendshow, die 35 Jahre lang die Welt erfüllte. Spektakuläre Wetten wurden durchgeführt. Wetten spielen auch in my life eine große Rolle. Ich wette sehr gerne! Weil ich dadurch schon viele Frauen rumbekommen habe. In vorliegendem Werk habe ich meine heißesten Sexgeschichten zusammengestellt, die ich mir erspielt habe. „Besiegt, Erobert & Geliebt" lautet diesmal das Motto. In der Regel bekomme ich Frauen auch so.

Über 1.500 habe ich bereits im Bett gehabt, bald knacke ich die 2.000. Einige von ihnen musste ich aber ein wenig überzeugen, es mit mir zu tun. Und hier kommen die Wetten ins Spiel. Man muss Frauen nur eine reizvolle Wette anbieten, mit einem Gewinn für sie. Man muss sie auch am Ego packen. 7 geniale „Besiegt, Erobert & Geliebt"-Erlebnisse warten hier auf Sie. Diese sollen Sie inspirieren und Ihnen zeigen, welche Tricks mir halfen, die Nuss doch noch zu knacken.

ISBN 978-3-7528-9408-0
Books on Demand

Buch-Tipps vom Womanizer

The Womanizer
Meine wildesten Erlebnisse
Wenn Fantasien Wirklichkeit sind

Der Womanizer ist back, mit seinen wildesten Erlebnissen im Gepäck. Wir blicken auf Highlights meiner Laufbahn. Yasmin, die als Teenager in mich verliebt war. 20 Jahre später kommt es zur Reunion. In Irland hatte ich in 14 Tagen 3 Frauen. Meine Ehefrau Andrea war früher auch nicht so ohne: Was ich in ihrer „Magic Box" fand, war sehr brisantes Material. Ich interessierte mich für die hübsche Sex-Workerin Agnes, doch es kam anders. Dann Tinder: Janka war eine krasse Lady mit speziellen Vorlieben.

Und was ich mit meiner älteren Schwester erlebt habe, sollte ich besser für mich behalten. Ich bin ein Fan von erotischen Massagen. So gerne genieße ich dort eine schöne Stunde. Als Blue Man Sex zu haben, wer kann das schon von sich behaupten? Dann darf die 19-jährige, süße Quirina nicht fehlen, die Tochter meines Ex-Chefs. Es sind 112 Seiten Erotik und wilde Erlebnisse, die Sie anregen sollen, es mir gleich zu tun. Let´s enjoy life!

ISBN 978-3-7504-9750-4
Books on Demand

Buch-Tipps vom Womanizer

The Womanizer
AusgeSEXt
Das Ende meines Glücks?

Ist dies das Ende des Womanizers? Meine geliebte Ehefrau Andrea hat mich rausgeschmissen und verlangte eine Auszeit. Ich organisierte mir eine Mietwohnung und ließ es trotzdem krachen. Gott sei Dank nahm mich Andrea ein halbes Jahr später wieder zurück. Glück gehabt! Während dieser heiklen Phase poppte ich so einiges: Daphne (18) hatte sich über den gefürchteten Wendler-Komplex in mich verliebt. Mit ihren sexy Schulfreundinnen vernaschte sie mich mehrmals. Heidi war nicht nur meine Immobilienmaklerin, sondern auch eine gute Gespielin im Bett. Der sexuell blockierten Maren erteilte ich Lektionen in Lust und Leidenschaft.

Die reizvolle Tattoo-Lady Jackie (34) verführte mich mit ihrem Körperschmuck. Cornelia und Leonie angelte ich mir für einen flotten Dreier und mehr. Sonja war für mich unerreichbar, also trickste ich und machte sie gefügig. Käuflich bin ich nicht, das musste die erfolgreiche Geschäftsfrau Laetitia erkennen. Statt meiner Firma ließ ich sie etwas anderes schlucken. Mein Business-Trip nach Holland brachte mich mit Susanna zusammen. Eines steht fest: AusgeSEXt habe ich noch lange nicht!

ISBN 978-3-7494-3471-8
Books on Demand

Buch-Tipps vom Womanizer

The Womanizer
Der frühe Vogel fängt den Wurm
Sweet Memories

Wer ein Womanizer werden will, muss früh beginnen. In diesem Special widme ich mich einigen meiner frühen Abenteuer. Ich stelle Rali vor, mit der ich meinen ersten Sex hatte. Die scheue Flavia weihte ich in die Liebeskunst ein. Gleichzeitig genoss ich ein heißes Programm mit ihrer älteren Schwester Franzi. Während meiner Abiturzeit ließ ich es richtig krachen. Ich vögelte mit meiner sexy Sportlehrerin Sarah.

Bei den Bayerischen Meisterschaften in Badminton legte ich die Dorothea und auch Rebecca H. flach. Die bilderbuchhübsche Susanne bekam ich über Chloe. Aus einer vertrauensvollen Bruder-und-Schwester-Beziehung mit Jasmin wurde inniger Sex. In Irland nahm ich Pippa, Emma und Teamleiterin Becky. Auf einem Musik-Festival genoss ich mit Natascha und Doreen einen lustvollen Dreier. Meine schicke Nachbarin Juli hasste mich zuerst, doch dann liebte sie mich, da ich ihre Probleme löste. Genießen Sie diesen Einblick in meine extravagante Jugendzeit!

ISBN 978-3-7519-8008-1
Books on Demand

Buch-Tipps vom Womanizer

The Womanizer
Der Robinson-Playboy
Von blauen Männern und heißen Girls

Bevor ich meine Frau Andrea kennenlernte, zelebrierte ich mein Leben als Animateur im Robinson Club Soma Bay. Dieses Buch enthält meine geilsten sexuellen Abenteuer aus meiner Studentenzeit und aus meinem Auslandsaufenthalt im Paradies. Wir starten mit der süßen Julia, die bis heute einen speziellen Platz in meinem Herzen hat. Die hübsche Lesbe Alice war in unserer Sportgruppe und wollte einen Mann ausprobieren. Soma Bay: Im Kicker-Duell erspielte ich mir Sex mit Tanz-Choreo Anush. Meine 28-jährige Teamchefin Ronda war eine top Beach-Volleyballerin, doch ich war besser. So musste sie mich erotisch massieren.

Zwaantje war Kickboxerin. Als Special Guest prügelte sie Gäste durch ihre Kurse, im Bett konnte sie sehr zärtlich sein. Quirina war Clubchef Uwes Tochter. Ein hübsches Ding! Die 19-Jährige verliebte sich in mich und ich erlebte mit ihr äußerst innige Tage. Als Blue Man Sex zu haben, ist etwas Exklusives. Blaue Ficks entstanden. Zurück in Deutschland nervte mich Nachbarin Ariel, doch aus dem Langstrumpf-Pippi-Verschnitt wurde ein so sexy Girl. Viel Freude mit blauen Männern und heißen Girls!

ISBN 978-3-7494-3318-6
Books on Demand

Buch-Tipps vom Womanizer

The Womanizer
Hot Business 1
Hübsche Kolleginnen sind gute Kolleginnen

Seit über 20 Jahren arbeite ich als TV-Produzent. Vom Mitarbeiter zum Big Boss. Ich bin schon 17 Jahre mit meiner heutigen Ehefrau Andrea zusammen und habe 2 tolle Kinder mit ihr. Und trotzdem habe ich sie unzählige Male sexuell betrogen. Still going on. „Hot Business" ist eine Serie über meine heißesten Sex-Abenteuer mit so sexy Kolleginnen, Praktikantinnen und Geschäftspartnerinnen. Dies ist Band 1. Isabel war die Erste. Melly wurde zur Affäre. Sandy ein Luder der Basic-Instinct-Sorte.

Linda eine mächtige Instanz, die mich nach dem Bettspiel abservierte. Ich rächte mich. Joanna war für unsere Webseite zuständig, doch sie widmete sich auch meinen intimsten Bedürfnissen. Nancy war dumm, aber gut im Bett. Silke verhütete, auf einmal war sie schwanger. Ich musste handeln. Lucy zelebrierte ein Praktikum der besonderen Art. Mary und Iris vögelte ich in Dänemark. Das Wiedersehen mit meiner Jugendliebe Raliza auf Businessebene war sehr versaut. Mein geiles Motto: Hübsche Kolleginnen sind gute Kolleginnen!

ISBN 978-3-7519-8942-8
Books on Demand

Buch-Tipps vom Womanizer

The Womanizer
Hot Business 2
Wenn die Arbeit zum Vergnügen wird

Seit über 20 Jahren arbeite ich als TV-Produzent. Vom Mitarbeiter zum Boss. Ich bin schon 17 Jahre mit meiner Frau Andrea zusammen und habe 2 tolle Kinder mit ihr. Trotzdem habe ich sie unzählige Male sexuell betrogen. Still going on. „Hot Business" ist eine Serie über meine heißesten Abenteuer mit sexy Kolleginnen, Praktikantinnen und Geschäftspartnerinnen. Dies ist Band 2. Das Wiedersehen mit Lucy gipfelte in einem Dreier mit Paula. Eva war Ü40, aber auch Ü-heiß. In Amerika erlebte ich krasse Abende in einer Glory Hole Bar.

Ella (28) wurde zu einer sweeten Affäre. Japse Aiko hatte noch nie eine deutsche Banane – dann kam ich. Mit Sabrina erlebte ich scharfen Sex, mit der dunklen Shari käuflichen. Kerstin war mit das geilste Mädel in meinem Bett. Larissa ein ONS. Ich verführte Kamerafrau Janine, obwohl sie mit Peer zusammen war. Sonja war ein eigener Fall. „Hot Business" habe ich diese erotische Buch-Reihe genannt, getreu meinem Motto: Wenn die Arbeit zum Vergnügen wird!

ISBN 978-3-7519-9979-3
Books on Demand

Buch-Tipps vom Womanizer

The Womanizer
Hot Business 3
Traumfrauen gibt es in jeder Firma

Seit über 20 Jahren arbeite ich als TV-Produzent. Vom Mitarbeiter zum Big Boss. Ich bin schon 17 Jahre mit meiner heutigen Ehefrau Andrea zusammen und habe 2 Kinder mit ihr. Trotzdem habe ich sie unzählige Male sexuell betrogen. Still going on. „Hot Business" ist eine Serie über meine heißesten Sex-Abenteuer mit Kolleginnen, Praktikantinnen und Geschäftspartnerinnen. Dies ist Band 3. Anastasia war die perfekte Frau. Kylie, Nele und Helene vernaschten mich zu dritt. Sophie, die Königin der Füße. Juliette und Olga kämpften um mich, dann teilten sie schwesterlich. Moderatorin Anna-Christina wollte mich in unter 5 Minuten glücklich machen.

MILF Nina (23) war mehr als eine Angestellte. Chiara gewann ich durch ein Trick-Spiel. Evelyn tat ALLES für den Erfolg ihrer Tochter. Meine Ex-Chefin Becky wurde schwach. Laetitia wollte meine Firma, doch sie bekam etwas anderes. Lady Susanna führte mich in härtere Sphären ein. Die Abenteuer mit der Tattoo-Frau Jackie sind legendär. „Hot Business" habe ich diese erotische Buch-Reihe genannt, denn: Traumfrauen gibt es in jeder Firma!

ISBN 978-3-7526-0883-0
Books on Demand

Buch-Tipps vom Womanizer

The Womanizer
Gelegenheit macht Liebe
Ein Abenteuer kommt selten allein

Ein Abenteuer kommt selten allein. Zumindest für den, der fleißig danach sucht. Und genau das tue ich. Ich, der Womanizer, der schon über 2.000 Frauen im Bett hatte und noch längst nicht genug hat. In den letzten Monaten war ich äußerst aktiv. Okay, ich bin verheiratet und habe Kinder. Ich führe eine Familie. Und doch: Das alles ist mir nicht genug. Ob ich meine Andrea betrüge? Ja. Aber nicht wirklich, schließlich finanziere ich uns allen ein geiles Leben. Ich schufte viel und treibe das Geld ein. Da darf man sich auch mal was gönnen. Während sich andere ihren vierten Porsche kaufen, stecke ich mein Geld lieber in die Betten anderer Frauen.

In diesem Buch nehme ich Sie mit nach Amerika, wo ich ein heißes Abenteuer mit Geschäftsfrau Harper hatte. Welche Rolle dabei die Diven Grace und Eleanor spielten? Lassen Sie sich überraschen! Manchmal allerdings hilft nicht einmal der größte Charme, eine Frau gefügig zu machen. Doch bares Geld macht alle Frauen schwach! Die blutjungen und bildhübschen Nele und Xandra musste ich bezahlen, aber es lohnte sich sowas von. Marlene lernte ich im Fußballfieber kennen, nach dem Abpfiff durfte ich einlochen. In Schottland hatte ich Sex mit 9 Frauen gleichzeitig. Rockige Erinnerungen gebe ich ungefiltert an Sie weiter ebenso wie aktuelle News: Ich bin zum 3. Mal Daddy geworden. Aber meine Andrea ist nicht die Mutter von Niklas. Männer, denkt daran: Gelegenheit macht Liebe, also nutzt sie!

ISBN 978-3-7557-2624-1
Books on Demand

Buch-Tipps vom Womanizer

The Womanizer
Eine Affäre macht noch keine Liebe
Oder doch?

Eine Affäre macht noch keine Liebe. Oder doch? Seien wir ehrlich: Ich bin ein toller Ehemann, Vater, Firmenchef, Liebhaber, Seitenspringer. Treue ist etwas Glitschiges, das so keine Bedeutung für mich hat. Emotionale Treue ja, aber körperlich muss ich mich austoben. Und das geht nicht nur mit einer Frau. Ja, ich spreche von Andrea, meiner großen Liebe. Wenn sie wüsste, was ich alles treibe. Zum Glück weiß sie es aber nicht … oder vielleicht bald doch? Denn ich habe festgestellt, dass der Satz „Eine Affäre macht noch keine Liebe" solange Gültigkeit hatte, bis Susi in mein Leben kam. Die verstörte, von ihrem Ex gepeinigte, zierliche Schönheit hat mein Leben verändert. Ich habe mich total in sie verliebt. Ist mir schon mal passiert, mit Melly. Damals konnte ich noch die Kurve kratzen. Doch diesmal ist es viel schwieriger. Soll ich Andrea und meine Kinder verlassen? Oder meine zweite Liebe Susi verabschieden? Jene heikle Frage dominiert dieses Buch.

Aber es gibt noch mehr Geiles aus meinem Leben, z.B. meine Besuche bei Sexualtherapeutin Juna, die für mich, um eine korrekte Diagnose zu stellen, sämtliche Tabus brach. Letzten Endes landeten wir in der Kiste. Spooky waren die Erlebnisse, die ich mit Sexarbeiterin Alexis hatte. Hier versagte der Womanizer auf ganzer Ebene. Ich konnte einfach nicht kommen, weil sie mich immer so durchdringend anstarrte. Und das war nicht meine einzige Niederlage. Aber auch andere mussten Niederlagen einstecken, die ich ihnen beibrachte, z.B. Ahmed und Osama. Dafür bekam ich ihre Frauen. Auch Zuhause war einiges los: Andrea überraschte mich mit einem flotten Kurzhaarschnitt. Neuer Haarschnitt, neue Frau. Ja, ich hatte meinen Spaß!

ISBN 978-3-7557-5822-8
Books on Demand

Buch-Tipps vom Womanizer

The Womanizer
Meister der Technik
Der Griff in die Trickkiste

Ich bin ein Meister der Technik. Beruflich wie privat, vor allem im Bett. Als Künstler habe ich mir hier einen exquisiten Ruf erarbeitet. Doch der größte Meister aller Technik ist der Womanizer: das revolutionärste Sex Toy, das alle Frauenherzen glücklicher schlagen lässt. Der Erfinder dieser Zaubermaschine ist der Obermacker! Dieses Buch ist dem Wunderwerk der Technik gewidmet. Was im Bett alles mit Hilfsmitteln möglich ist, habe ich gebender sowie empfangender Weise erfahren, von den klassischen Vibratoren, Rabbits, anderen Tools bis zum Womanizer. Begonnen hat alles mit meiner Frau Andrea. Ihr schenkte ich ihren ersten Womanizer. Seitdem sind es einige mehr geworden. Dieser Meister der Technik hat ihr Leben, damit auch unser gemeinsames Sexleben verändert. Es war vorhin schon geil, aber jetzt ist es der Wahnsinn.

Selbst Frauen mit Orgasmusproblemen schwören auf den Womanizer. Er ist die ultimative Lustmaschine, kann unendlich viele Höhepunkte schenken, ohne zu überreizen. Nicht nur Andrea verwöhne ich damit, auch andere Frauen. Für meine außerehelichen Abenteuer habe ich immer eine Zweitversion dabei. So nehme ich Sie mit auf die Reise zu Verkäuferin Cathy, die mich mit dem Twin Charger verführte, zu Stewardess Denise, der ich auf die Schliche kam, zu Alexandra, die elektrisch ganz anders konnte, zu Geschäftsfrau Beate, die heiße Whirlpoolspiele bevorzugte, zu USA-Sweetie Ella, die fast durchdrehte, zu MILF Charlotte, die ihre Erfüllung fand, auch zur luderhaften Xandra , die für Geld alles mit sich machen ließ.

ISBN 978-3-7543-4242-8
Books on Demand